都《と》道《どう》府《ふ》県《けん》男《だん》子《し》！①

イケメン47人《にん》が地味子《じみこ》を取《と》り合《あ》い!?

あさばみゆき・著　いのうえひなこ、かわぐちけい・絵

野いちごジュニア文庫

都《と》道《どう》府《ふ》県《けん》男《だん》子!

イケメン47人が地味子を取り合い!?

人物紹介《じんぶつしょうかい》 1

東京《とうきょう》シュウト

都道府県男子《とどうふけんだんし》のリーダーで学級《がっきゅう》委員長《いいんちょう》をつとめる。ふだんはクールだけど人《にん》情《じょう》に厚《あつ》い江戸《えど》っ子気質《こきしつ》で、やさしい性格《せいかく》。ほずみと“ある約束《やくそく》”をかわす。

千代原《ちよはら》ほずみ

一見平凡《いっけんへいぼん》な中学生《ちゅうがくせい》だけど、内緒《ないしょ》で少女《しょうじょ》マンガ家《か》として活動中《かつどうちゅう》。都道府県《とどうふけん》をイメージした男子《だんし》をラクガキしたら、彼《かれ》らが本《ほん》物《もの》のイケメンになって現《あらわ》れて…!?

神奈川《かながわ》カイ

流行《りゅうこう》に敏感《びんかん》なおしゃれ男子《だんし》。ちょっぴりチャラい性格《せいかく》で、女《おんな》の子《こ》の扱《あつか》いには慣《な》れている。千《ち》葉《ば》とはライバル!?

千葉《ちば》ナツ

赤《あか》い髪色《かみいろ》のちょいワル男子《だんし》。じつは総長《そうちょう》という噂《うわさ》も。犬《いぬ》に似《に》たご当地《とうち》キャラ「チーバ君《くん》」に愛《あい》着《ちゃく》があり、犬好《いぬず》き。

栃木《とちぎ》イチ

県名産《けんめいさん》のいちごのピアスをつけている、ほんわか癒《いや》し系男子《けいだんし》。群馬《ぐんま》くんとは双子《ふたご》のような関係《かんけい》。

群馬《ぐんま》ミドリ

冬《ふゆ》に吹《ふ》くカラッ風《かぜ》の影響《えいきょう》を受《う》けて強気《つよき》なツンツンタイプ。栃木《とちぎ》くんがたれ目《め》なのに対《たい》し、キリっとつり目《め》。

埼玉《さいたま》ソウ

東京《とうきょう》の“ベッドタウン”で、フードをかぶりいつも眠《ねむ》そうにしている。キャラは薄《うす》めだけど素顔《すがお》は……!?

愛知《あいち》コウ

方言《ほうげん》「だみゃあ」が口癖《くちぐせ》の、あざとかわいい系男《けいだん》子《し》。お気《き》に入《い》りの猫耳《ねこみみ》ヘッドフォンがトレードマーク。

大阪《おおさか》ハル

お調子者《ちょうしもの》で負《ま》けず嫌《ぎら》いな性格《せいかく》。タコヤキ柄《がら》のT《ティー》シャツがよく似合《にあ》う、クラス一番《いちばん》のムードメーカー。

茨城《いばらき》ソラ

頭脳派《ずのうは》の白衣男子《はくいだんし》。宇《う》宙《ちゅう》のようにミステリアスな性格《せいかく》で、「いばらぎけん」の言《い》い間違《まちが》えには厳《きび》しい。

ある日《ひ》突然《とつぜん》学校《がっこう》に現《あらわ》れた
イケメンだらけの特別《とくべつ》クラス
その正体《しょうたい》は……
俺《おれ》は〝東京《とうきょう》〟
〝大阪《おおさか》〟やで
……〝埼玉《さいたま》〟だよ
私《わたし》がラクガキした都道府県《とどうふけん》の擬人化男子《ぎじんかだんし》!?
どうして現実世界《げんじつせかい》にいるの～!?

ほずみに好《す》きになってもらえたヤツが最強《さいきょう》の都道府県男子《とどうふけんだんし》だ!
お〜!!
一緒《いっしょ》にディ●ニーランド行《い》こ!
暑苦《あつくる》しいのは放《ほう》っておいてオレとデートしようよ
千葉《ちば》
神奈川《かながわ》
粘《ねば》り強《づよ》さなら誰《だれ》にも負《ま》けません
※納豆が名産
茨城《いばらき》
栃木《とちぎ》
群馬《ぐんま》
一番《いちばん》の仲良《なかよ》しはぼくらだよね〜♡
No.1の都道府県男子《とどうふけんだんし》を決《き》めるバトルに
巻《ま》き込《こ》まれちゃいました……!?

もくじ

プロローグ

私《わたし》は一人《ひとり》っ子《こ》なうえに、ずーっとカギっ子《こ》だったんだ。

だから、放課後《ほうかご》はマンガを描《か》いてすごしてた。

パパもママも、「将来《しょうらい》はきっと大物《おおもの》マンガ家《か》だね」って応援《おうえん》してくれて。

友達《ともだち》と遊《あそ》びもせずに、マンガを描《か》いては賞《しょう》に応募《おうぼ》し、描《か》いては応募《おうぼ》し……。

小学五年生《しょうがくごねんせい》にして「少女《しょうじょ》マンガ界《かい》・期待《きたい》の超新星《ちょうしんせい》☆ほずみん」としてデビュー！

早々《そうそう》と夢《ゆめ》が叶《かな》って、人生楽《じんせいたの》しい〜っ。

い〜っぱい大好《だいす》きなマンガを描《か》いて、い〜っぱい読者《どくしゃ》さんに読《よ》んでもらうんだ！

——なんて、夢《ゆめ》に満《み》ちあふれた絶頂期《ぜっちょうき》は、**一瞬《いっしゅん》で終《お》わった。**

デビューした年《とし》に両親《りょうしん》が事故《じこ》で亡《な》くなっちゃって、以来《いらい》ずっと、ママの妹《いもうと》「タツキおばさん」と、彼女《かのじょ》のマンションで二人暮《ふたりぐ》らし。

中学二年生《ちゅうがくにねんせい》になった私《わたし》は、一人《ひとり》きりのリビングで、地理《ちり》のプリントとにらめっこ中《ちゅう》だ。

あいかわらずマンガは描《か》いてるんだけど、中学生《ちゅうがくせい》って、けっこう大変《たいへん》なんだよね。

明日《あした》も小《しょう》テストなのに、宿題《しゅくだい》の穴《あな》うめ問題《もんだい》がぜんっぜんうまらない……。

リビングの時計《とけい》は、もう八時《はちじ》。

「……おばさん、今日《きょう》も遅《おそ》そうだなぁ」

ゴールデンウィークが明《あ》けたら、仕事《しごと》も落《お》ちつくはずって言《い》ってたけど、毎日残業《まいにちざんぎょう》だ。

先《さき》に食《た》べちゃうかぁと、ラップをかけておいたオムライスをレンジに入《い》れる。

静《しず》まり返《かえ》った部屋《へや》に、ピッとボタンの音《おと》が響《ひび》いた。

オレンジの光《ひかり》の中《なか》を、お皿《さら》がゆっくりと回《まわ》りだす。

それを眺《なが》めながら、ため息《いき》がもれちゃった。

マンガ家《か》デビューした人生《じんせい》サイコーに幸《しあわ》せ期《き》から、次《つぎ》から次《つぎ》へと襲《おそ》いかかってくる不《ふ》幸《こう》に、私《わたし》はくるくるおどらされてばっかりだ。

家族《かぞく》はいなくなっちゃったし、おばさんもほとんど家《いえ》に帰《かえ》ってこないし。

マンガの仕事《しごと》だって、売《う》れたのは「小学生《しょうがくせい》マンガ家《か》」って話題《わだい》になった、デビュー作《さく》の一冊目《いっさつめ》だけで、三年目《さんねんめ》の今《いま》は、新《あたら》しい話《はなし》も描《か》かせてもらえてない。

「……もう、見捨《みす》てられちゃったのかな」

運命《うんめい》の神様《かみさま》にも、担当《たんとう》さんにも、おばさんにも。

声《こえ》に出《だ》してつぶやいたら、ますますそんな気《き》がしてきちゃった。

電子《でんし》レンジのガラス扉《とびら》には、つまんなそうな顔《かお》の自分《じぶん》が映《うつ》りこんでる。少女《しょうじょ》マンガのきらきら主人公《しゅじんこう》とは正反対《せいはんたい》の、しおしおっぷりだよ。

ため息《いき》まじりにメガネのつるを持《も》ち上《あ》げたところで、テーブルのスマホが震《ふる》えだした。

私《わたし》のスマホ、アドレス帳《ちょう》に入《はい》ってる連絡先《れんらくさき》は、おばさんと担当《たんとう》さんだけなんだ。

じゃあこれ、もしかして……っ。

キッチンの床《ゆか》にすべりそうになりつつも、私《わたし》はスマホに飛《と》びついた。

「はははははいっ、ほずみんです！」

勢《いきお》いよく応答《おうとう》した私《わたし》に、電話《でんわ》の向《む》こうから、男《おとこ》の人《ひと》の声《こえ》が返《かえ》ってきた。

『あ、ども。ほずみん先生《せんせい》、おひさしぶりですぅー』

やっぱり担当《たんとう》さんだ！　春休《はるやす》みに送《おく》った、新作《しんさく》アイディアの返事《へんじ》かな!?

『ご連絡《れんらく》が遅《おそ》くなっちゃって、スミマセンでしたね』

苦笑《にがわら》いのテンションで、もう答《こた》えがわかっちゃった。

お決《き》まりの、「先生《せんせい》は、絵《え》がらはほんとにステキなんですよ。さすが、三歳《さんさい》からマンガを模写《もしゃ》してただけあって」ってほめ言葉《ことば》から始《はじ》まって。

そしてやっぱり「これじゃ進《すす》められないから、ネームを出《だ》しなおして」って。

マンガができるまでには、まず「こんなお話《はなし》にしまーす」っていう、キャラやあらすじをまとめて、次《つぎ》は、それをザッと簡単《かんたん》な絵《え》でマンガにした、「ネーム」を作《つく》って。OK《オーケー》が出《で》たら、下書《したが》き。さらにそれを清書《せいしょ》して――って、ステップがたくさんあるんだ。

私《わたし》はもう一年以上《いちねんいじょう》、ネーム作《づく》りでつまずいちゃって、下書《したが》きにすら進《すす》めてない。

『先生《せんせい》のマンガは、ストーリーがなぁ。主人公《しゅじんこう》と一緒《いっしょ》にドキドキできないんですよね。恋《こい》にリアリティがなくて、**感情移入《かんじょういにゅう》できない**』

「うぐ……っ。は、はい」

『先生《せんせい》って、恋愛《れんあい》したことないでしょ？』

ギクッ。

『ぶっちゃけ男子《だんし》は苦手《にがて》だし、まさか自分《じぶん》が恋《こい》なんて〜とか思《おも》ってるでしょ』

ギクゥッ。

『それがにじみ出《で》ちゃってるんだよなぁ。先生《せんせい》は、せっかくリアル中学生《ちゅうがくせい》なんだからさ。マンガばっかり描《か》いてないで、まずは自分《じぶん》で青春《アオハル》してみないと』

「はぁ……」

『恋《こい》ですよ、恋《こい》！　**ほずみん先生《せんせい》も、恋《こい》してみて！**』

「わっ、私《わたし》がですかっ？　私《わたし》は、もし少女《しょうじょ》マンガの登場人物《とうじょうじんぶつ》だったら、主人公《しゅじんこう》なんてとんでもない、その他《た》おおぜいのモブキャラですよっ？　私《わたし》とつきあってくれる人《ひと》なんて、いませんって！」

『挑戦《ちょうせん》くらいしてみましょうよ。とにかく、そういう経験《けいけん》を積《つ》めたら、アイディアを送《おく》ってください。やり直《なお》しです、やり直《なお》し。ネーム前《まえ》の、根本《こんぽん》からやり直《なお》し！』

担当《たんとう》さんは、なんにも答《こた》えられなくなっちゃった私《わたし》に、小《ちい》さなため息《いき》をつく。

『次《つぎ》がラストチャンスですから』

私《わたし》はヒュッと息《いき》を吸《す》いこんだ。

『次《つぎ》のネームがダメだったら、もうこのお仕事《しごと》はあきらめましょ。でも、僕《ぼく》は先生《せんせい》を信《しん》じてるんで。次《つぎ》こそ、マンガ人生《じんせい》をかけて、いいネーム送《おく》ってきてくださいね。それじゃ』

答《こた》えも待《ま》たず、もう、切《き》られちゃった。

私《わたし》はポカンとしたまま、「通話《つうわ》が終了《しゅうりょう》しました」の真《ま》っ暗《くら》な画面《がめん》を見《み》つめる。

——今《いま》、私《わたし》、「**恋愛《れんあい》しろ**」って言《い》われた？

しかも「**次《つぎ》が、ラストチャンス**」って。

次《つぎ》のネームを採用《さいよう》してもらえなかったら、もう、マンガ家人生《かじんせい》はおしまい？

ふらりとよろめき、カベに肩《かた》を打《う》ちつけた。

「でも、恋愛《れんあい》って……」

私《わたし》の男子《だんし》との関《かか》わりといえば、マンガ上達《じょうたつ》のために、授業中《じゅぎょうちゅう》に盗《ぬす》み見《み》して、ひそかにイラストの練習台《れんしゅうだい》になってもらうくらいで。

小学生《しょうがくせい》から中二《ちゅうに》の今《いま》まで、まともに話《はな》したこともないんだよ!?

クラスのコの恋《こい》バナだって、内心《ないしん》「いいネタになります♡」って興味津々《きょうみしんしん》で聞《き》かせてもらってるけど、自分《じぶん》のリアル生活《せいかつ》には、一《いち》ミリも関係《かんけい》ないと思《おも》ってた。

「わわわ私《わたし》が恋愛《れんあい》!?　そんなの、ムリに決《き》まってるよ!!」

無人《むじん》の部屋《へや》に、悲鳴《ひめい》が響《ひび》きわたる。

ピーッ、ピーッ、ピーッ。

そこに、なんというタイミングのよさでしょう。

電子《でんし》レンジが「おっしゃるとおりデス」と言《い》わんばかりの返事《へんじ》をしてくれた。

おばさんから、「今日《きょう》は会社《かいしゃ》に泊《と》まるから、先《さき》に寝《ね》てて」ってメールが来《き》て、私《わたし》は二人《ふたり》分《ぶん》のオムライスをヤケ食《ぐ》いした。

「どうせ私《わたし》は、小学生《しょうがくせい》にしては絵《え》がうまかっただけの、一発屋《いっぱつや》だったんだよ……っ」

大《おお》きな段《だん》ボール箱《ばこ》をクロゼットから引《ひ》っぱり出《だ》してきて、中《なか》をのぞきこむ。

山《やま》ほどの没《ぼつ》ネーム。

保育園《ほいくえん》時代《じだい》から毎日《まいにち》続《つづ》けてた、マンガの模写《もしゃ》とイラストの練習帳《れんしゅうちょう》。

デビュー作《さく》が出版《しゅっぱん》された時《とき》に、パパとママがくれた感想《かんそう》のお手紙《てがみ》。

むかし完成《かんせい》させた原稿《げんこう》たち。

〝天才小学生《てんさいしょうがくせい》マンガ家《か》〟ほずみんの歴史《れきし》が、丸《まる》ごとここにつまってる。

――ファンクラブ会員一号《かいいんいちごう》さん、二号《にごう》さーんっ。新《あたら》しいお話《はなし》ができましたよー！

――わっ、また上手《じょうず》だなぁ。ほずみん先生《せんせい》は天才《てんさい》だ！

――ほ～んと、ますますファンになっちゃう。

小《ちい》さいころの自分《じぶん》と、パパとママの声《こえ》が、耳《みみ》によみがえった。

二人《ふたり》がいてくれたころは、マンガに行《い》きづまったって、担当《たんとう》さんからボツにされまくったって、「一番《いちばん》のファン」がはげましてくれたから、まだがんばれたんだけどさ。

……でも、パパとママが今生《いまい》きてても、「そろそろあきらめ時《どき》かもね」って言《い》うかもな。

私《わたし》はキュッとくちびるをかむ。

覚悟《かくご》を決《き》めて、思《おも》い出《で》の品《しな》の上《うえ》に、マンガ執筆用《しっぴつよう》のでっかいタブレットを置《お》いた。

アイディア帳《ちょう》とネーム用紙《ようし》、誕生日《たんじょうび》に買《か》ってもらったペンや、宝物《たからもの》の文房具達《ぶんぼうぐたち》も。

みんな、……さよなら。今《いま》までありがとう。

心《こころ》の中《なか》でつぶやき、ふたをして、ガムテー

プでとめて。

しばらく箱《はこ》を眺《なが》めてたけど、フーッと大《おお》きな息《いき》をついて、クロゼットにつっこんだ。

うん。これでいいんだよ。

私《わたし》のマンガ活動《かつどう》は、今日《きょう》で終了《しゅうりょう》！

今《いま》までは心《こころ》のどこかで、「私《わたし》は一応《いちおう》マンガ家《か》で、将来《しょうらい》もその道《みち》で食《た》べていくんだから、テストが平均点以下《へいきんてんいか》でも、まぁいっか」なんて思《おも》ってた。

けど、これからは心《こころ》を入《い》れかえるよっ。

義務教育《ぎむきょういく》が終《お》わったら自立《じりつ》できるように、いいかげん地《ち》に足《あし》をつけなきゃね。

タツキおばさんに、ずっと迷惑《めいわく》をかけ続《つづ》けるワケにはいかないもん。

パパ、ママ。私《わたし》はちゃんと現実《げんじつ》を見《み》て、しっかり生《い》きていくよ。

まずは地理《ちり》の小《しょう》テストで赤点取《あかてんと》らないように、応援《おうえん》しててっ……！

二人《ふたり》の写真《しゃしん》に手《て》を合《あ》わせ、社会《しゃかい》のプリントに向《む》きなおる。

プリントをうめる前《まえ》に、とりあえず教科書《きょうかしょ》をサッと読《よ》んでおこう。

「まず、**東京《とうきょう》**からね。首都《しゅと》である東京《とうきょう》には、国会議事堂《こっかいぎじどう》・中央官庁《ちゅうおうかんちょう》・最高裁判所《さいこうさいばんしょ》があって。高層《こうそう》ビル街《がい》、東京《とうきょう》スカイツリー。国際都市《こくさいとし》で、人口《じんこう》は全国一位《ぜんこくいちい》の約《やく》11％《パーセント》……、」

お腹《なか》いっぱいなせいで、急激《きゅうげき》に眠《ねむ》たくなってきた。

今回《こんかい》のテスト範囲《はんい》は関東《かんとう》ぜんぶなのに、のっけからキッツいよぉ。

「たぶんさぁ、ビジュアルが浮《う》かんでこないのがダメなんだよね」

教科書《きょうかしょ》をもっと楽《たの》しくしてくれれば、頭《あたま》に入《はい》りそうなのになー。

東京《とうきょう》を擬人化《ぎじんか》した**イケメンキャラ**が、自己紹介《じこしょうかい》してる風《ふう》に教《おし》えてくれるとかさ。

首都《しゅと》でリーダー的《てき》なキャラなら——、やっぱり学級委員長《がっきゅういいんちょう》か生徒会長《せいとかいちょう》？

日本一高《にほんいちたか》い建物《たてもの》のスカイツリー由来《ゆらい》で、クラスで一番背《いちばんせ》が高《たか》くて、スマート。

私《わたし》はプリントの裏《うら》にササッとシャーペンを走《はし》らせて、**「東京君《とうきょうくん》」**を描《か》いてみる。

髪形《かみがた》はおしゃれっぽく長《なが》め前髪《まえがみ》のマッシュ。幅《はば》の狭《せま》い二重《ふたえ》まぶたで、きりっとクールに。

耳《みみ》には、スカイツリーの銀《ぎん》のイヤカフをつけて、さりげなく東京《とうきょう》アピール、みたいな。

うん、なかなかカッコよく描《か》けた。

余白《よはく》に設定《せってい》も書《か》きそえてみる。

日本《にほん》の首都《しゅと》だから下《した》の名前《なまえ》は「シュウト」で、「東京《とうきょう》シュウト」とかカッコよくない？

趣味《しゅみ》は、美術館《びじゅつかん》とカフェめぐり。出版社《しゅっぱんしゃ》が多《おお》いから、読書《どくしょ》も好《す》き。

そっけなくてクールだけど、いろんな地方《ちほう》から人《ひと》が集《あつ》まってくる土地《とち》がら的《てき》に、実《じつ》は懐《ふところ》が深《ふか》いし、人情《にんじょう》に厚《あつ》い江戸《えど》っ子《こ》らしいところもあったりして？

よし、頭《あたま》に入《はい》りそうな気《き》がしてきた。

この調子《ちょうし》で他《ほか》の都道府県《とどうふけん》もいってみようかな。

茨城県《いばらきけん》は、工場《こうじょう》の立地面積《りっちめんせき》が全国一位《ぜんこくいちい》。う〜ん、ものづくりが得意《とくい》なイメージだ。

なら**「茨城君《いばらきくん》」**は、職人《しょくにん》さんっぽいかんじ？

あっ、茨城《いばらき》には宇宙《うちゅう》センターがあるんだって！

じゃあ研究員《けんきゅういん》のイメージで、知性派《ちせいは》の白衣男子《はくいだんし》。宇宙《うちゅう》の宙《そら》から、「茨城《いばらき》ソラ」だっ。

「栃木君《とちぎくん》」は、いちごの「とちおとめ」が有名《ゆうめい》だからぁ、乙女系《おとめけい》ラブリー男子《だんし》！

「大阪君《おおさかくん》」はタコヤキT《ティー》シャツを着《き》せて、**「愛知君《あいちくん》」**は方言《ほうげん》で「みゃあ」とか「にゃあ」って言《い》うらしいから、猫《ねこ》っぽいデザインを取《と》り入《い》れたいよな〜〜。

わおっ、ペンがはかどりまくる……っ。

やっぱり、キャラクターを創《つく》るのって楽《たの》しいなぁ〜！


ポーポー、ポッポー。

ベランダから聞《き》こえるハトの声《こえ》に、私《わたし》は我《われ》に返《かえ》った。

「あれ……？」

カーテンのすき間《ま》から射《さ》しこむ光《ひかり》が、ノートを冴《さ》え冴《ざ》えと照《て》らしてる。

そこには、イケメン男子《だんし》のキャラクターデザインがびっしりと。

「ええ⁉」

北《きた》は**「北海道君《ほっかいどうくん》」**から南《みなみ》は**「沖縄君《おきなわくん》」**まで、四十七人全《よんじゅうしちにんぜん》キャラ制覇《せいは》！

わーい、たくさんキャラができた〜☆　――って、ちがうでしょっ。

もうマンガ家《か》はやめるって決《き》めたのに、しかもテスト範囲《はんい》は関東《かんとう》だけなのに、私《わたし》の無《む》意識《いしき》、なにやっちゃってんの⁉

リビングの時計《とけい》は四時半《よじはん》だ。夕方《ゆうがた》じゃなくて、朝《あさ》の。

八時間近《はちじかんちか》くぶっ続《つづ》けで、イラストを描《か》き続《つづ》けてたんだ。

プリントの穴《あな》うめ問題《もんだい》も、ぜんぶ真《ま》っ白《しろ》なまま！

「終《お》わった」

フッと気《き》が遠《とお》くなった、そのとたん、カッ！　と、まばゆい光《ひかり》がプリントから噴《ふ》き上《あ》がった。

「ひえええ⁉」

プリントが激《はげ》しく光《ひか》ってる。なにこれ!?

思《おも》わず腕《うで》で目《め》をかばう。

視界《しかい》を光《ひかり》に焼《や》きつけられると同時《どうじ》、スウッと気《き》が遠《とお》くなり、私《わたし》はバタンッとテーブルに倒《たお》れこんだ。

❶千代原《ちよはら》ほずみ

あの日《ひ》、私《わたし》はタツキおばさんにゆり起《お》こされた。

「こんなとこで寝《ね》たらカゼひくわよ。ほら、もう学校《がっこう》に行《い》く時間《じかん》じゃない。なにやってるのよ。どうせまた、遅《おそ》くまでマンガ描《か》いてたんでしょ」

おばさんの言《い》うとおり、時計《とけい》はすでに、チコクまぎわの八時《はちじ》すぎで。

私《わたし》は彼女《かのじょ》にペコペコあやまりたおし、「もうマンガはやめたから、安心《あんしん》してね」って宣言《せんげん》して、大《おお》あわてでマンションを飛《と》び出《だ》した。

そして学校《がっこう》で、あのプリントを出《だ》したら、裏《うら》にびっしり描《か》いてたはずのイラストが、まるっと消《き》えて無《な》くなってたんだ。

消《け》しゴムをかけた記憶《きおく》もないんだけど……。

まぁ、プリントが輝《かがや》いたのだってありえないし、都道府県男子《とどうふけんだんし》を描《か》き始《はじ》めたあたりから、もう夢《ゆめ》の中《なか》だったんだろうな。

あれから二週間《にしゅうかん》。またプリントが光《ひか》りだすようなこともなく、毎日《まいにち》は平和《へいわ》だ。

「あれ、千代原《ちよはら》ちゃんだ。今日《きょう》はもう、社会《しゃかい》の補習《ほしゅう》はないの?」

「やっと終《お》わったんだ。ほんとに長《なが》かったぁ……」

朝《あさ》、昇降口《しょうこうぐち》に駆《か》けこんだら、遅刻《ちこく》ギリギリ仲間《なかま》の渡井《わたい》さんに声《こえ》をかけられた。

今《いま》までの私《わたし》は、マンガを描《か》く時間《じかん》を作《つく》るために、放課後《ほうかご》も休日《きゅうじつ》も、遊《あそ》びの誘《さそ》いを断《ことわ》ってばっかりだった。

しかもマンガ家《か》だ(つた)ってことは、中学《ちゅうがく》に入《はい》ってから、だれにも話《はな》してない。

連載《れんさい》も掲載《けいさい》もないから、話《はなし》のネタにもならなかっただけなんだけど。

みんなからしたら、単《たん》なる「人《ひと》づきあいの悪《わる》いやつ」でしかなかったのに、渡井《わたい》さんはそれでも話《はな》しかけてくれる、すっごく気《き》さくなコなんだ。

彼女《かのじょ》は階段《かいだん》をのぼりつつ、風《かぜ》で乱《みだ》れた前髪《まえがみ》とリボンを、ささっと直《なお》す。

うちの学校《がっこう》は、制服《せいふく》ジャケットの中《なか》に着《き》るモノは自由《じゆう》。だから渡井《わたい》さんは白《しろ》シャツにおしゃれブランドのリボンをつけてて、めちゃくちゃかわいい。

ここだけの話《はなし》、彼女《かのじょ》をマンガの主人公《しゅじんこう》にして、ネームを作《つく》ったこともある(没《ぼつ》だけど)。

対《たい》して私《わたし》は、入学《にゅうがく》の時《とき》に買《か》ったまんまの、学校《がっこう》シャツにカーディガン。

こういうふだんの姿勢《しせい》からして、主人公《しゅじんこう》になれないモブキャラなんだよね。

そして彼女《かのじょ》の言《い》うとおり、私《わたし》は先々週《せんせんしゅう》のテストのせいで、ずーっと朝補習《あさほしゅう》だったんだ。

「都道府県男子《とどうふけんだんし》」のキャラクターに取《と》りいれたご当地情報《とうちじょうほう》だけは、頭《あたま》に入《はい》っていたけど……、他《ほか》の問題《もんだい》は、散《さん》ッ々《ざん》。

しかも提出《ていしゅつ》のプリントは、真《ま》っ白《しろ》のまま。

そりゃあまぁ、補習《ほしゅう》に呼《よ》ばれちゃうよね。

社会科《しゃかいか》の先生《せんせい》は、もう担任《たんにん》も持《も》ってない、学校最高齢《がっこうさいこうれい》の白《しろ》ヒゲおじいちゃん。

シワシワの顔《かお》がしょんぼりするのを見《み》て、よけいに申《もう》し訳《わけ》ない気持《きも》ちになっちゃった。

「あれ？　なんか騒《さわ》がしくない？」

渡井《わたい》さんに言《い》われて、私《わたし》も眉《まゆ》をひそめた。

「ほんとだね」

教室《きょうしつ》とは反対方面《はんたいほうめん》に、人《ひと》が集《あつ》まってる……というか、たかってる。

キャアキャア黄色《きいろ》い声《こえ》まで響《ひび》いて、まるでライブ会場《かいじょう》の出待《でま》ちみたいな盛《も》りあがりだ。

「ねぇねぇ、だれか来《き》てるの？」

押《お》し合《あ》いへし合《あ》いの人《ひと》の中《なか》、渡井《わたい》さんが手近《てぢか》な生徒《せいと》に聞《き》いてくれた。

「今日《きょう》、新《あたら》しいクラスができたんだって！」

「兄弟校《きょうだいこう》の男子校《だんしこう》から、二年生《にねんせい》のクラスが、丸《まる》ごと引《ひ》っ越《こ》してきたらしいよ」

「しかもね、その『特別《とくべつ》クラス』、みんなすっっごくビジュがいいの！」

ふり向《む》いたみんなは、興奮《こうふん》で目《め》がきらっきら。

わぁ、この表情《ひょうじょう》いいなぁ。マンガ映《ば》えしそう。

思《おも》わず右手《みぎて》が、ポケットのペンを取《と》ろうとしたけどっ。

ちがうちがうっ、私《わたし》はもう、マンガとはサヨナラしたんだってば！

自分《じぶん》にツッコミながら、ちゃんと現実《げんじつ》に頭《あたま》をもどす。

兄弟校《きょうだいこう》があったのも初耳《はつみみ》だけど、クラスが丸《まる》ごと転校《てんこう》なんて事《こと》があるんだなぁ……。

校舎《こうしゃ》が事故《じこ》でツブれたとか、学校《がっこう》が破産《はさん》したとか？　なにか大変《たいへん》な事情《じじょう》がありそうだ。

近《ちか》づくことすら難《むずか》しそうな人垣《ひとがき》に、私《わたし》は背《せ》を向《む》ける。

「千代原《ちよはら》ちゃん？　特別《とくべつ》クラス、見《み》て行《い》かないの？」

「うん、私《わたし》はいいかなぁ」

渡井《わたい》さんに手《て》を振《ふ》って、自分《じぶん》の教室《きょうしつ》へ向《む》かう。

ビジュよし男子《だんし》たちを観察《かんさつ》しても、もう作画《さくが》の役《やく》に立《た》つワケじゃない。今《いま》まで初恋《はつこい》もせずにマンガだけのために生《い》きてきたせいで、現実《げんじつ》の男子《だんし》はちょっと苦手《にがて》だ。

そんな事《こと》より、社会《しゃかい》の補習《ほしゅう》も終《お》わったし、今日《きょう》から自由《じゆう》なんだよね！

「なにか楽《たの》しいコトしよっ」

私《わたし》はウキウキと廊下《ろうか》を行《い》く。

えーと、たとえばっ。

……………あれ？　マンガを描《か》く以外《いがい》の楽《たの》しいことって、なんだっけ。

マンガ以外《いがい》の楽《たの》しいこと、楽《たの》しいこと……。

なんにも思《おも》いつかない。

ウキウキの足《あし》どりがだんだん重《おも》たくなり、ついに考《かんが》えこみながら教室《きょうしつ》の戸《と》をくぐる。

そしたら、ちょうど中《なか》からだれかが出《で》てきた。

「ワッ、すみません」

肩《かた》をぶつけそうになって足《あし》を引《ひ》いたら、社会《しゃかい》の先生《せんせい》だ。

「やっと来《き》た！　千代原《ちよはら》さん、さがしていたんですよっ」

いつもまったりのおじいちゃん先生《せんせい》が、目《め》を見開《みひら》いて、つかみかかってきそうな勢《いきお》いだ。

「えっ。まだチャイムは鳴《な》ってな、」

「とにかく来《き》てください」

「は、はぃいっ？」

先生《せんせい》はずんずん廊下《ろうか》を歩《ある》きだし、私《わたし》はワケがわからないまま、ついていく。

「すみませーん、通《とお》りますよ～！　千代原《ちよはら》さん、朝礼《ちょうれい》が始《はじ》まるから、早《はや》く！」

みんなが先生《せんせい》と私《わたし》をよけて、特別《とくべつ》クラスの入《い》り口《ぐち》まで、花道《はなみち》みたいに道《みち》が開《ひら》けていく。

「な、え？　なんで……」

朝礼《ちょうれい》が始《はじ》まるのに、どうして私《わたし》だけ、その、ウワサの特別《とくべつ》クラスへ？


「千代原《ちよはら》ほずみ、さっさと来《こ》いよ」


「特別《とくべつ》クラス」の戸口《とぐち》に、一人《ひとり》の男子《だんし》が顔《かお》を出《だ》した。

とたん、周囲《しゅうい》からキャアアッと大《おお》きな黄色《きいろ》い声《こえ》が上《あ》がる。

転校生《てんこうせい》――ならぬ、転校《てんこう》クラスの一員《いちいん》らしい、その彼《かれ》。

オシャレなさらさらマッシュヘア。

中二《ちゅうに》の平均身長《へいきんしんちょう》を軽《かる》く超《こ》える高身長《こうしんちょう》に、モデルさんみたいな頭身《とうしん》。

切《き》れ長《なが》な瞳《ひとみ》が印象的《いんしょうてき》な、端正《たんせい》な顔立《かおだ》ちだ。

その彼《かれ》の薄《うす》いくちびるが動《うご》いて、私《わたし》の名《な》前《まえ》を、よ、呼《よ》んだ？

キーンコーンカーンコーン♪

あぜんとしてるあいだに、チャイムが鳴《な》りだした。

「はいはーい、みなさんは自分《じぶん》のクラスにもどってくださーい」

先生《せんせい》に言《い》われて、みんなはなごり惜《お》しそうに自分《じぶん》の教室《きょうしつ》へ帰《かえ》っていく。

私《わたし》もその波《なみ》に乗《の》って、廊下《ろうか》をU《ユー》ターン。

――しようとしたはずがっ。

むんずっ。

だれかに後《うし》ろえりを引《ひ》っぱられた。

ギョッとしてふり向《む》くと、さっきの特別《とくべつ》クラスの男子《だんし》！

「あんたはこっち」

「へ？」

キャリーカートみたいに、前後逆向《ぜんごぎゃくむ》きでずるずる教室《きょうしつ》に引《ひ》きずりこまれる私《わたし》に、やじ馬《うま》から悲鳴《ひめい》が上《あ》がる。

渡井《わたい》さんも目《め》を白黒《しろくろ》させてるよっ。

「千代原《ちよはら》ちゃん、転校生《てんこうせい》と知《し》り合《あ》いなのっ？」

「初対面《しょたいめん》だよ〜〜!?」

助《たす》けを求《もと》めて腕《うで》を伸《の》ばすも、渡井《わたい》さんはオロオロと、私《わたし》と先生《せんせい》を見《み》くらべるばかり。

「それでは、朝礼《ちょうれい》を始《はじ》めましょうね」

最後《さいご》に教室《きょうしつ》へ入《はい》った先生《せんせい》に、ピシャンッと戸《と》を閉《し》められてしまった。


「千代原《ちよはら》さん、あなたは今日《きょう》から、この特別《とくべつ》クラスの一員《いちいん》です」

「――はい？」

「え～、みなさん、こちらが千代原《ちよはら》ほずみさんです。もとからこの学校《がっこう》にいるのは千代原《ちよはら》さんだけですから、わからないことは、どんどん彼女《かのじょ》に聞《き》いてくださいね」

私《わたし》はワケのわからないまま、教壇《きょうだん》に立《た》たされた。

「わっ、私《わたし》は二年三組《にねんさんくみ》ですっ。特別《とくべつ》クラスの一員《いちいん》って、なんなんですか⁉」って、心《こころ》の中《なか》では絶叫《ぜっきょう》してるのに。

おおぜいの男子《だんし》の視線《しせん》にさらされて、実際《じっさい》は「ひぇ……」とか「ひぃ……」とか、夏《なつ》の終《お》わりの蚊《か》よりも弱々《よわよわ》しい声《こえ》しか出《で》てこない。

ぎっしり机《つくえ》が並《なら》んだ教室《きょうしつ》に、ぎっしりの男子《だんし》。

しかもみんな、発光《はっこう》して見《み》えるレベルのきらきらオーラを放《はな》ってる。

まともに目《め》を開《あ》けてられないよっ。

先生《せんせい》は、私《わたし》にはとても直視《ちょくし》できない教室《きょうしつ》を、にこにこと笑顔《えがお》で見《み》まわした。

「この四十八人《よんじゅうはちにん》で仲良《なかよ》くやりましょうねぇ。ちなみに、千代原《ちよはら》さんも今日《きょう》から寮《りょう》に入《はい》ることになってるので、同《おな》じ寮《りょう》になる七人《しちにん》は、なおさらよろしくお願《ねが》いしますね」

「りょ、寮《りょう》⁉」

オウム返《がえ》しに問《と》うと、先生《せんせい》の代《か》わりに、教卓《きょうたく》のまん前《まえ》の男子《だんし》がうなずいた。

さっき、私《わたし》をこの教室《きょうしつ》に引《ひ》きずりこんだ犯人《はんにん》だ。

「千代原《ちよはら》の荷物《にもつ》は、もう寮《りょう》に到着《とうちゃく》してる。さっき連絡《れんらく》が来《き》たよ」

「そうそう、学級委員長《がっきゅういいんちょう》さんは、寮長《りょうちょう》でもありましたね。千代原《ちよはら》さんは場所《ばしょ》もわからないと思《おも》うので、帰《かえ》りは寮《りょう》まで連《つ》れて行《い》ってあげてください」

「了解《りょうかい》です」

あ、この人《ひと》、学級委員長《がっきゅういいんちょう》だったんだ。

だからさっき迎《むか》えに来《き》たのかぁ――って、それどころじゃない！

「私《わたし》は自宅通学《じたくつうがく》ですっ。ってか、うちの学校《がっこう》には寮《りょう》なんてなかったですよね⁉」

「なかったけど、できたんだよ。で、おまえがうちの寮《りょう》に入《はい》るのも、**決定事項**《けっていじこう》」

「けっていじこう」

学級委員長《がっきゅういいんちょう》は「そ」と、短《みじか》く言《い》う。

「そ。寮《りょう》の生活費《せいかつひ》などは支給《しきゅう》されますからね。心配《しんぱい》しなくていいですよ」

先生《せんせい》が委員長《いいんちょう》のマネをして、満面《まんめん》の笑《え》みでうなずく。

え？　な？　な⁉　心配《しんぱい》しなくていいどころか、完全《かんぜん》パニックだ。

私《わたし》を眺《なが》めてガヤガヤしてる男子《だんし》たちは、それぞれ個性豊《こせいゆた》か。

制服《せいふく》の着《き》こなしも様々《さまざま》だし、今《いま》までの校則《こうそく》はどうなってたのっていう、お花畑《はなばたけ》みたいに色《いろ》とりどりな髪色《かみいろ》。

前《まえ》の学校《がっこう》って、アイドル養成校《ようせいこう》かなんかだったんですか？？？

視界《しかい》がまぶしすぎて、私《わたし》は薄目《うすめ》のまま、これ以上《いじょう》まぶたを開《あ》けられない。

「千代原《ちよはら》さんの席《せき》は、そこね」

先生《せんせい》が指《ゆび》さしたのは、一番前《いちばんまえ》の列《れつ》の、委員長《いいんちょう》のとなりだ。

私《わたし》はボーゼンとしたまま、腰《こし》をおろす。

これは、先生《せんせい》もグルで、なにかのドッキリ企画《きかく》……!?

頭《あたま》の中《なか》を嵐《あらし》のように「!?」マークが飛《と》びかいまくってる。

「俺《おれ》は東京《とうきょう》。よろしくな」

委員長《いいんちょう》は表情筋《ひょうじょうきん》をぴくりとも動《うご》かさず、私《わたし》を横目《よこめ》に見《み》る。

ビジュアルもしゃべり方《かた》も、まんま少女《しょうじょ》マンガの不愛想《ぶあいそ》ヒーローだ。

「ど、ども、です」

この人《ひと》は東京出身《とうきょうしゅっしん》なのか。たしかに東京人《とうきょうじん》らしいスタイリッシュなかんじだ。

いや、私《わたし》が生《う》まれ暮《く》らすこの町《まち》も、一応《いちおう》は東京《とうきょう》なんだけど。すみっこすぎて、大都会《だいとかい》のイメージとはほど遠《とお》い、のんびりした空気《くうき》だ。

この学校《がっこう》だって、そんな町《まち》に一《ひと》つしかない小《ち》さな学校《がっこう》だから、四十七人《よんじゅうしちにん》のイケメン転校生《てんこうせい》にみんなが大騒《おおさわ》ぎするのも、当然《とうぜん》だよね。

彼《かれ》はさっき立《た》った時《とき》も、ひときわ身長《しんちょう》が高《たか》かったし、モデルかなにかやってるのかな。

——そこまで考《かんが》えて。

私《わたし》は電撃《でんげき》に撃《う》たれたように、全身《ぜんしん》を震《ふる》わせた。

東京《とうきょう》。背《せ》が高《たか》くてスマート。長《なが》め前髪《まえがみ》のマッシュヘア。

私《わたし》、どっかで……知《し》ってるかんじ………かも？

ギギギッととなりに首《くび》を向《む》ける。

すると彼《かれ》の耳《みみ》に、スカイツリー形《がた》のイヤカフがのぞいて見《み》えた。

「と、**東京君《とうきょうくん》？**」

幅狭《はばせま》のクールな二重《ふたえ》の瞳《ひとみ》が、「なんだよ」って顔《かお》で私《わたし》を見《み》る。

出身地《しゅっしんち》じゃなくて、名前《なまえ》……！

バッ！

私《わたし》は身《み》をひねって、教室《きょうしつ》の男子《だんし》たちをもう一度《いちど》見《み》まわす。

大阪君《おおさかくん》
東京君《とうきょうくん》
愛知君《あいちくん》

真後《まうし》ろのロン毛男子《げだんし》のT《ティー》シャツは、タコヤキがらだ。このコは、**大阪君《おおさかくん》？**

そのとなり、まつ毛《げ》バッサバサの、ハデな顔立《かおだ》ちの男子《だんし》が首《くび》にかけてるヘッドフォンは、よく見《み》たら、猫耳《ねこみみ》つき。

凝視《ぎょうし》する私《わたし》に、彼《かれ》は首《くび》をかしげる。

「だいじょぶ？　顔色悪《かおいろわる》いけど、ヤバかったら保健室行《ほけんしつい》かにゃあ」

このコはたぶん、**愛知君《あいちくん》。**


クラスにいる全員《ぜんいん》、私《わたし》がプリントの裏《うら》に描《か》いた、**「都道府県男子《とどうふけんだんし》」**⁉


い、いくらなんでも、ラクガキがリアル男子《だんし》になって、しかも自分《じぶん》の中学《ちゅうがく》に集団転校《しゅうだんてんこう》してくるなんて、ありえない、ありえないっ。

「変《へん》な夢《ゆめ》を見《み》てるンダ**イタタタタッ！**」

全力《ぜんりょく》でほっぺたをツネったら、全力《ぜんりょく》で痛《いた》い。

「ウソでしょ、私起《わたしお》きてる⁉　ってことは、これ、現実《げんじつ》⁉」

「なにやっとるん？　めっちゃ伸《の》びるほっぺやな～」

大阪君《おおさかくん》が私《わたし》の顔《かお》を、指《ゆび》でつんつん突《つ》いてくる。

そして自分《じぶん》のほっぺを指《ゆび》で丸《まる》くつまみ、「こっちはタコヤキやで〜」と顔《かお》を寄《よ》せてきた。

おっかなびっくり突《つ》かせてもらって、その感触《かんしょく》に、変《へん》なアセが一気《いっき》に噴《ふ》き出《だ》した。

い、生《い》きてる……。

大変《たいへん》ですっ、パパ、ママっ、担当《たんとう》さん！

自分《じぶん》が作《つく》ったキャラが実在《じつざい》するなんて、マンガみたいなことが起《お》こっています!!

❷東京君《とうきょうくん》①

キーンコーンカーンコーン♪

チャイムの音《おと》に、私《わたし》はハッとして目《め》を瞬《またた》いた。

まわりのみんなが、お弁当《べんとう》を出《だ》し始《はじ》めてる。私《わたし》だけ一時間目《いちじかんめ》の教科書《きょうかしょ》を開《ひら》いたままだ。

「も、もう昼休《ひるやす》み!?」

「あんた、ず～っとフリーズしてたな」

となりの席《せき》の東京君《とうきょうくん》が、やっぱり実在《じつざい》してる。

失神《しっしん》から復活《ふっかつ》しても、私《わたし》の知《し》ってる現実《げんじつ》じゃないよ……っ。

わたしはブルルッと頭《あたま》をふる。

と、とにかく、なにが起《お》こってるのか、ちゃんと把握《はあく》しとかなきゃだよね？

マンガだって、最初《さいしょ》の数《すう》ページで世界観設定《せかいかんせってい》をつかんでおかないと、その後《ご》のストーリーが、ワケわかんなくなっちゃうしっ。

「あの、東京《とうきょう》く、」

バンッ！

教室《きょうしつ》の戸《と》が、大《おお》きな音《おと》を立《た》てて開《あ》いた。

次《つぎ》の瞬間《しゅんかん》、他《た》クラスの生徒《せいと》たちが、なだれのように中《なか》へ押《お》しよせて来《く》るっ。

「お昼一緒《ひるいっしょ》に食《た》べよ〜っ」

「ねぇねぇ、どこから転校《てんこう》してきたの!?」

殺到《さっとう》する生徒《せいと》たちに、四十七人《よんじゅうしちにん》の男子《だんし》たちはあっという間《ま》に包囲《ほうい》された。

東京君《とうきょうくん》も人《ひと》だかりにうもれて、姿《すがた》が見《み》えなくなってる。

ひぇえ、さすがは人口密度《じんこうみつど》ナンバー1の東京《とうきょう》だぁ。

「千代原《ちよはら》さん、ちょっと聞《き》いていい？」

気《き》づけば、私《わたし》まで女子《じょし》に囲《かこ》まれてた。

ふだん私《わたし》に話《はな》しかけてきたりしないコたちだ。みんな笑顔《えがお》だけど、目《め》は笑《わら》ってない。

「わ、私《わたし》ですか？」

「なんで千代原《ちよはら》さんだけ、特別《とくべつ》クラスに入《はい》れたの？　なんかのコネ？」

「やっ、私《わたし》にもなにがなんだか、まだ世界観《せかいかん》の設定《せってい》がサッパリで……っ」

「セカイカン？」

あのっ、そのっ、と口《くち》ごもったあげく、私《わたし》はお弁当《べんとう》ぶくろを引《ひ》っつかんだ。

「せ、先生《せんせい》に、設定《せってい》を確認《かくにん》してきまぁあす！」

教室《きょうしつ》から飛《と》びだして、職員室《しょくいんしつ》に直訴《じきそ》へ向《む》かおうとしたところで、

「千代原《ちよはら》」

背後《はいご》から声《こえ》がかかった。

東京君《とうきょうくん》が戸口《とぐち》から出《で》てきてる。

なんでしょうって聞《き》きかけたけど、私《わたし》は言葉《ことば》を止《と》めた。

背後《はいご》の女子軍団《じょしぐんだん》が私《わたし》をにらんでる。応答《おうとう》したら、ますます目《め》をつけられるやつじゃんっ。

私《わたし》は呼《よ》びかけに気《き》づかなかったフリで、逃走《とうそう》！

「おい、千代原《ちよはら》っ」

しかし、すぐに東京君《とうきょうくん》の足音《あしおと》がせまってくる！

「ヒィイ！　かんべんしてくださぁあ〜い！」

「なんで逃《に》げんだよ！」

私《わたし》は全力《ぜんりょく》ダッシュだ。

そりゃ、こっちも事情《じじょう》を聞《き》きたいから、話《はな》しかけてくれるのは願《ねが》ったり叶《かな》ったりだけど、

女子《じょし》のヤキモチに焼き殺《ころ》されるのは願《ねが》い下《さ》げです〜〜っ！

昼休《ひるやす》み直後《ちょくご》の廊下《ろうか》は、生徒達《せいとたち》で大混雑《だいこんざつ》。

「あ、ごめんっ。すみません！」

私《わたし》はあっちこっちで人《ひと》にぶつかってるのに、東京君《とうきょうくん》はサッカー選手《せんしゅ》みたいに、スッスッと人《ひと》をかわして、みるみる距離《きょり》を縮《ちぢ》めてくる。

こ、これが通勤《つうきん》と通学《つうがく》で大混雑《だいこんざつ》の巨大駅《きょだいえき》を抱《かか》える、東京君《とうきょうくん》の衝突回避能力《フェイントのうりょく》……！

「待《ま》て」

「きゃあっ」

とうとう、ひじをつかまれた！

「悪《わる》い。でも、あんたが逃《に》げるから」

「だ、だって、みんなの反感《はんかん》を買《か》っちゃ――、」

私《わたし》はまわりを見《み》まわして、アレッと目《め》を瞬《またた》いた。

必死《ひっし》に逃《に》げるうちに、職員室《しょくいんしつ》への階段《かいだん》を通《とお》りすぎて、となりの校舎《こうしゃ》まで渡《わた》ってきちゃってた。

こっちの西校舎《にしこうしゃ》は音楽室《おんがくしつ》や美術室《びじゅつしつ》が並《なら》んでて、この時間《じかん》はガラ空《す》きなんだ。

……ならとりあえず、逃《に》げる理由《りゆう》はない？

私《わたし》はゼェゼェしながら、ひざに手《て》をついた。運動《うんどう》ぶそくなのに走《はし》っちゃったよ。

「あの、先生《せんせい》に聞《き》こうと思《おも》ってたんですけど、と、東京君《とうきょうくん》に、聞《き》いていいですかっ」

「なに？」

まっすぐ見《み》つめられて、顔面《がんめん》のビジュの良《よ》さに、ウワッとたじろいでしまう。

「あなたたちってもしかして、私《わたし》がラクガキした、あの、ええと……、と、『都道府県男《とどうふけんだん》子《し》』さんなのでは……？」

おっかなびっくりの質問《しつもん》に、東京君《とうきょうくん》は「ハァ？」と眉間《みけん》にシワを寄《よ》せる。

「あ！　スミマセン！　ですよねっ、そんなワケないですよねっ！」

「**そうだよ。**今《いま》さらなに言《い》ってんだ。俺《おれ》は東京《とうきょう》シュウト。俺《おれ》たちを創《つく》りだした張本人《ちょうほんにん》が、わからないはずないと思《おも》ってた」

私《わたし》はヒュッと息《いき》を吸《す》ったまま、動《うご》けなくなってしまった。

そう、なの、ですか………っ？

私《わたし》がラクガキしたのは先々週《せんせんしゅう》だから、ちょうど二週間前《にしゅうかんまえ》。

彼《かれ》らは突如《とつじょ》として、リアル世界《せかい》に現《あらわ》れたそうな。

そして「ある問題《もんだい》」を解決《かいけつ》するために、四十七人《よんじゅうしちにん》、集《あつ》まって生活《せいかつ》してるんだって。

プリントが光《ひか》り輝《かがや》いたのは、夢《ゆめ》じゃなかったんだ……。

なんでラクガキがリアル化《か》しちゃったんだろう。

それに「擬人化少年《ぎじんかしょうねん》」たちの存在《そんざい》を、大人《おとな》までフツーに受《う》け入《い》れてるあたりも、簡単《かんたん》には信《しん》じられない。

どとうの展開《てんかい》に、頭《あたま》がついていかないよっ。

ボーゼンとしてたら、目《め》の前《まえ》をひらひらと東京君《とうきょうくん》の手《て》のひらが泳《およ》いだ。

「おい、大丈夫《だいじょうぶ》か？」

「な、な、なるほど。質問《しつもん》に答《こた》えてくれて、ありがとうございます。じゃ、じゃあ……」

私《わたし》は頭《あたま》を下《さ》げてから、ふらふらと彼《かれ》から離《はな》れる。

ちょっと、さすがに頭《あたま》が真《ま》っ白《しろ》だ。どこか空《あ》き教室《きょうしつ》でお弁当《べんとう》でも食《た》べながら、今《いま》までの設定《せってい》を整理《せいり》しなおして――。

けど、また後《うし》ろからひじをつかまれた。

「わっ。なんですか？」

「なにかあったら、言《い》えよ」

真剣《しんけん》な顔《かお》でまっすぐに見《み》つめられて、私《わたし》は目《め》をしばたたく。

「なにかって……、今《いま》、めちゃくちゃなにかあったので、一人《ひとり》で心落《こころお》ちつけて、状況《じょうきょう》を整理《せいり》してこようかなと思《おも》いまして……」

擬人化男子《ぎじんかだんし》がリアル化《か》しちゃってるんだもの。これ以上《いじょう》のなにかなんて、ないよね。

「そっちじゃなくて」

「じゃない？」

本気《ほんき》できょとんとする私《わたし》に、東京君《とうきょうくん》のほうまで面食《めんく》らった顔《かお》をする。

「いきなり男子《だんし》ばっかりのクラスに放《ほう》りこまれたら、やりづらい事《こと》とかあるだろ。俺《おれ》は学級委員長《がっきゅういいんちょう》だから、まわりに言《い》いづらかったら、相談《そうだん》していいからな——って話《はなし》だ」

「へ？　もしかして、私《わたし》を心配《しんぱい》してくれたんですか？」

「そうだよ。……おせっかいで悪《わる》かったな」

さっき私《わたし》が女子《じょし》に囲《かこ》まれてたのを見《み》て、フォローしようとして追《お》いかけてきてくれたのか。だとしたら、めちゃくちゃいい人《ひと》じゃない？

まじまじ見《み》つめると、彼《かれ》はついっと顔《かお》を背《そむ》けた。

クールな横顔《よこがお》のほっぺたが、みるみる赤《あか》く染《そ》まっていく。まさか、意外《いがい》にも照《て》れ屋《や》さん？

――その時《とき》だ。

私《わたし》は心臓《しんぞう》が**きゅっ**と苦《くる》しくなった。まるで、だれかの手《て》で心臓《しんぞう》を握《にぎ》りこまれたみたいに。

思《おも》わず自分《じぶん》の胸《むね》に手《て》を当《あ》てる。

このかんじ、知《し》ってる気《き》がする？　てか、描《か》いたことがある。

少女《しょうじょ》マンガの**ときめき音《おん》……!?**

生《う》まれて十四年《じゅうよねん》、この効果音《こうかおん》とは無縁《むえん》だと思《おも》ってたのに、まさか、今《いま》の、ホントに!?

「千代原《ちよはら》？」

東京君《とうきょうくん》にのぞきこまれて、私《わたし》は胸《むね》を押《お》さえたまま、後《うし》ろへ飛《と》びすさる。

「ああのっ、ありがとうございます！　なにかあったら、ぜひ相談《そうだん》させてくださいっ」

「あぁ、そうしな。——で。もう一《ひと》つ、あんたに用事《ようじ》」

「え」

これはまさか、先《さき》に優《やさ》しくしておいて、後《あと》で断《ことわ》りづらい取《と》り引《ひ》きを持《も》ちかけてくるパターン？

「たいしたことじゃねぇよ」

とたんに警戒《けいかい》する私《わたし》に、東京君《とうきょうくん》は少女《しょうじょ》マンガのヒーローの笑顔《えがお》を作《つく》りなおして、ニッと笑《わら》ってみせた。

「ええと、ここが西校舎《にしこうしゃ》で、専門系《せんもんけい》の教室《きょうしつ》はこっちがわです。さっきまでいたのは東校舎《ひがしこうしゃ》。職員室《しょくいんしつ》は一階《いっかい》、体育館《たいいくかん》は東校舎《ひがしこうしゃ》の奥《おく》です」

「学校図書館《がっこうとしょかん》は？」

「ここの下《した》の階《かい》ですね。ここはパソコンルームと、自習室《じしゅうしつ》」

彼《かれ》にたのまれたのは、校舎《こうしゃ》の案内《あんない》だった。

私《わたし》は、なるべく人《ひと》の少《すく》ない廊下《ろうか》をねらいながら、あっちが家庭科室《かていかしつ》で、あっちが部活《ぶかつ》用《よう》の教室《きょうしつ》で、と説明《せつめい》して歩《ある》く。

学級委員長《がっきゅういいんちょう》が校内《こうない》を知《し》らないと話《はなし》にならないから、今《いま》のうちに覚《おぼ》えておきたいんだって。

さすがの首都《しゅと》・東京《とうきょう》。責任感《せきにんかん》が強《つよ》い。

彼《かれ》が言《い》ってたとおり、本当《ほんとう》に「たいしたことじゃない」用事《ようじ》だったけどさ。

男子《だんし》と二人《ふたり》で校舎案内《こうしゃあんない》なんて、いくら擬人化男子《ぎじんかだんし》だとしても、ソワソワ落《お》ちつかない。

左右《さゆう》の教室《きょうしつ》を見《み》まわしながら歩《ある》く東京君《とうきょうくん》を、私《わたし》はちらりと盗《ぬす》み見《み》る。

でも今《いま》のタイミングなら、いろいろ聞《き》けちゃいそうだよね。

「あ、あの。さっき、『都道府県男子《とどうふけんだんし》は、ある問題《もんだい》を解決《かいけつ》するために共同生活《きょうどうせいかつ》してる』って言《い》ってましたよね。その問題《もんだい》って、なんなんですか？」

それが解決《かいけつ》すれば、共同生活《きょうどうせいかつ》の必要《ひつよう》がなくなる？

だとしたら、特別《とくべつ》クラスに呼《よ》ばれちゃった私《わたし》も、三組《さんくみ》にもどれるのかもしれない。

期待《きたい》をこめて聞《き》いたら、東京君《とうきょうくん》は眉《まゆ》をひそめた。

「他人事《ひとごと》みたいな調子《ちょうし》で言《い》うなよな。あんたのせいで、予想外《よそうがい》の事態《じたい》になってんだから」

「――へ？」

「くわしくは口止《くちど》めされてるけど、あんたが特別《とくべつ》クラスになったのは、その**責任《せきにん》**を取《と》ってもらうためだ」

せ、責任《せきにん》。ラクガキから、都道府県男子《とどうふけんだんし》をリアル化《か》しちゃった責任《せきにん》!?

私《わたし》の脳裏《のうり》を、パトカーがピーポーピーポーと赤《あか》いランプを光《ひか》らせ横切《よこぎ》っていく。

「まさか逮捕《たいほ》なんて、そんな未来《みらい》はないですよね!?」

「バカ。ねぇよ。千代原《ちよはら》がその問題《もんだい》を解決《かいけつ》するのが、責任《せきにん》を取《と》るってこと。でもまぁ、安心《あんしん》しろ。俺《おれ》たちをリアル化《か》した人間《にんげん》なら、カンタンだろって内容《ないよう》だ」

「そ、そそそれはいったい……！」

東京君《とうきょうくん》は一歩先《いっぽさき》で立《た》ち止《ど》まり、私《わたし》を見返《みかえ》る。

「早急《そうきゅう》に、**俺《おれ》たち都道府県男子《とどうふけんだんし》を、〝仲良《なかよ》し〟にしてくれ**」

なかよし？？？

かわいすぎるフレーズに、目《め》が点《てん》になった。

……四十七人《よんじゅうしちにん》の男子《だんし》が、お手《て》てつないでらんらんら～ん♪みたいな？

思《おも》わずニヤッとしちゃったら、東京君《とうきょうくん》はまた歩《ある》きだす。

「笑《わら》ってる場合《ばあい》じゃないぞ。早《はや》くどうにかしないと、**大変《たいへん》な事《こと》**になるんだからな」

「え、ええっ？　大変《たいへん》な事《こと》って、どんな事《こと》なんですか」

彼《かれ》を小走《こばし》りに追《お》いかける。私《わたし》たちじゃ、脚《あし》の長《なが》さ、一歩《いっぽ》の幅《はば》が違《ちが》う。

「あ、あの、東京君《とうきょうくん》っ？」

私《わたし》はさっき自分《じぶん》がやられたみたいに、彼《かれ》のひじを引《ひ》っぱり返《かえ》す。

すると東京君《とうきょうくん》は、なにやら思《おも》わせぶりに、ゆっくりとふり向《む》いた。

「……ひみつ」

私《わたし》の目《め》を見《み》すえて言《い》う彼《かれ》の、その瞳《ひとみ》は、シリアスだ。

そんなにやばい事《こと》なの……!?

「で、でも、私《わたし》なんかが出《で》て行《い》かなくったって、大変《たいへん》な事《こと》になるのがわかってるなら、みんながフツーに『仲良《なかよ》くするぞ』って心《こころ》がければいいんじゃないですかっ？」

「先《さき》に言《い》っとくけど、あいつらの我《が》の強《つよ》さはハンパないからな。俺《おれ》も今日《きょう》までの二週間《にしゅうかん》、〝首都《リーダー》〟として、あれこれ対策《たいさく》を打《う》ち出《だ》してみたけど、ぜんぜんまとまらない。こりゃムりだって、あんたにたのむ話《はなし》になったんだ」

「ちょ、ちょっと待《ま》ってください！　私《わたし》、男子《だんし》とちゃんと会話《かいわ》したのなんて、保育園《ほいくえん》が最後《さいご》っていうレベルでっ。私《わたし》が入《はい》ったって変《か》わんないですよっ」

「変《か》えてくれよ。俺《おれ》もさっさと解決《かいけつ》して、特別《とくべつ》クラスなんて解散《かいさん》したいんだ」

東京君《とうきょうくん》はハ〜〜〜ッと、長《なが》く、重《おも》たいため息《いき》。

どうやら、大変《たいへん》なご苦労《くろう》があったようで……？

「千代原《ちよはら》は、人間《にんげん》の感情《かんじょう》とか研究《けんきゅう》してんだろうから、そういうのトクイだろ」

「研究《けんきゅう》っ？　そんなの、ぜんぜんしたことないですよ」

「マンガを描《か》いてるって聞《き》いた」

私《わたし》はなんにもない廊下《ろうか》で、つんのめって転《ころ》びそうになった。

「なんで知《し》って……っ!?」

「ひみつ。でもあんたのマンガ、読《よ》んでみたいな。今度《こんど》持《も》ってきてくれよ」

笑《わら》ってみせる東京君《とうきょうくん》に、私《わたし》は言葉《ことば》をノドにつまらせた。

私《わたし》の作品《さくひん》で最後《さいご》に掲載《けいさい》されたのは、小学生最後《しょうがくせいさいご》の月《つき》に出《で》た、WEB《ウェブ》コミックの読《よ》み切《き》り作品《さくひん》だ。

その時《とき》に読者《どくしゃ》からついたコメントが、映画《えいが》のエンドロール画面《がめん》みたいに頭《あたま》を流《なが》れていく。

「絵《え》はキレイだけど、つまんない」「ほずみん先生《せんせい》、迷走中《めいそうちゅう》？　絵《え》がらは好《す》きなんだけど」「主人公《しゅじんこう》、いつの間《ま》に彼《かれ》を好《す》きになってたの？　ごめんなさい、ちょっと意味《いみ》わかんなかったです」

う、うぐぅっ。トラウマがどすどす胸《むね》を刺《さ》してくるっ。

私《わたし》がマンガを好《す》きになったのは、ママの影響《えいきょう》なんだ。

ママがすっごくきらきらした瞳《ひとみ》で少女《しょうじょ》マンガを読《よ》んでて、その顔《かお》がすっごくかわいく見《み》えて。私《わたし》も読《よ》んでみたら、あっという間《ま》に夢中《むちゅう》になった。

紙《かみ》に印刷《いんさつ》された女《おんな》の子《こ》の輝《かがや》きが、現実《げんじつ》の世界《せかい》の私《わたし》たちの気持《きも》ちまで、こんなにきらきらさせてくれるんだ――って、驚《おどろ》きだったんだよ。

私《わたし》のマンガも、そんな風《ふう》に読《よ》んでもらえたらな……って思《おも》ってたけど。

残念《ざんねん》ながら、私《わたし》には難《むずか》しかったみたい。

そんな中途《ちゅうと》ハンパな作品《さくひん》を東京君《とうきょうくん》に読《よ》まれて、「つまらない」って言《い》われたら……。

自分《じぶん》が創《つく》ったキャラに、トドメを刺《さ》されちゃうようなもんだよ。

「わ、私《わたし》、もうマンガを描《か》くのはやめたんです。人《ひと》の心《こころ》をわかる才能《さいのう》がなかったので」

「なんだそれ。せっかくプロになれたのに、もったいないだろ」

「……もったいなくは、ないです」

タツキおばさんは、ママの妹《いもうと》ってだけで、いきなり自分《じぶん》が産《う》んだわけでもないコを世話《せわ》しなきゃいけなくなったんだ。これ以上《いじょう》の迷惑《めいわく》は、かけたくないよ。

私《わたし》はもう中二《ちゅうに》になっちゃったし、来年《らいねん》の受験《じゅけん》の話《はなし》をし始《はじ》めてるコたちも多《おお》い。

……いいかげん、将来《しょうらい》ちゃんとした仕事《しごと》につけるように、がんばらないと。

やっぱり、マンガにしがみついてる場合《ばあい》じゃないよなって。

それに、「人間《にんげん》の感情《かんじょう》を研究《けんきゅう》してるんだろうから、仲良《なかよ》し作戦《さくせん》に使《つか》えるだろう」っていう考《かんが》えは、私《わたし》じゃほんとに役立《やくた》たずだ。

デビュー作《さく》が打《う》ち切《き》りになったのも、その後《ご》の作品《さくひん》がうまくいかないのも、人《ひと》の心《こころ》の動《うご》きがリアルに表現《ひょうげん》できないせいなんだもん。

「やっぱり、私《わたし》なんかに、みんなを仲良《なかよ》くさせるのはムリです。それに**マンガなんて、描《か》いてても時間《じかん》のムダ**なので、二度《にど》と描《か》くつもりもないんです！」

私《わたし》は拳《こぶし》を握《にぎ》りこんで、一気《いっき》に言《い》った。

そしたら――、廊下《ろうか》がシンとなっちゃった。

東京君《とうきょうくん》は足《あし》を止《と》めて、私《わたし》を静《しず》かに眺《なが》めてる。

あ……。私《わたし》、東京君《とうきょうくん》にこんなコトを言《い》ってもしょうがないのに……。

ごめんなさいってあやまる前《まえ》に、東京君《とうきょうくん》は髪《かみ》をかきあげ、息《いき》をついた。

「あっそ」

私《わたし》に向《む》けられた目《め》は、無感情《むかんじょう》だ。

そのまま興味《きょうみ》をなくしたように、廊下《ろうか》を歩《ある》いて行《い》ってしまった。

キャラプフに、「東京《とうきょう》のビジネスマンみたいに、デキない相手《あいて》には厳《きび》しいところも」って設定《せってい》を書《か》いたもんな。私は役立たずだって、あきらめられたんだ。

でも今《いま》のは私《わたし》が自分《じぶん》の事情《じじょう》でヤツ当《あ》たりなんてして、申《もう》し訳《わけ》なかった……。

――またマンガなんて描《か》いて、時間《じかん》のムダでしょ。いいかげんちゃんとしなさい。

おばさんのシブい顔《かお》が、頭《あたま》に思《おも》い浮《う》かぶ。

自分《じぶん》がなぞった言葉《ことば》に自分《じぶん》で心《こころ》をえぐられて、私《わたし》はギュッと胸《むね》をつかんだ。

❸東京君《とうきょうくん》②

午後《ごご》の授業《じゅぎょう》は、体育《たいいく》からだ。

特別《とくべつ》クラスは女子《じょし》一人《ひとり》だけだから、私《わたし》はひとりぼっちで着《き》がえてきた。

午前中《ごぜんちゅう》はほぼほぼ気絶《きぜつ》してて、正直《しょうじき》、クラスの様子《ようす》なんて全《まった》く見《み》てなかったんだけど。

「そんなに仲悪《なかわる》いのかな……」

おっかなびっくり昇降口《しょうこうぐち》から顔《かお》を出《だ》すと、なんということ――。

グラウンドの男子《だんし》たちは、整列《せいれつ》どころか、ばらっばら。

「じぶん絶対《ぜったい》に負《ま》けへんで。あー、せんせ。持久走《じきゅうそう》のBGM《ビージーエム》は六甲《ろっこう》おろしでたのむわ」

「大阪《おおさか》はんには『雅《みやび》』がたりませんね。この〝千年《せんねん》の都《みやこ》〟が、なににおいても一等《いっとう》ですよ」

バチバチしてる二人《ふたり》は、**大阪君《おおさかくん》**と、みやびな物腰《ものごし》の**京都君《きょうとくん》**だ。

「京都《きょうと》こそ、調子乗《おちょけ》んなや。琵琶湖《びわこ》の水止《みずと》めて、干上《ひあ》がらしたろか」

さらにバチバチをあおるのは、巨大水源《きょだいすいげん》・琵琶湖《びわこ》の持《も》ち主《ぬし》、**滋賀君《しがくん》**だ。

そっか。京都《きょうと》の水道《すいどう》の水《みず》って、はるばる滋賀《しが》の琵琶湖《びわこ》から運《はこ》ばれてきてるんだっけ。

なぜかグラウンドにいる鹿《しか》にせんべいをあげてるコもいれば（きっと奈良君《ならくん》）、水道《すいどう》の蛇口《じゃぐち》をひねって、「どうしてただの水《みず》なのっ？　みかんジュースじゃないの!?」って叫《さけ》んでるコもいる（おそらく愛媛君《えひめくん》）。

体育《たいいく》の先生《せんせい》が「集合《しゅうごう》ぉ〜〜っ！」って手《て》をあげてるのに、だれも気《き》づいてない。

これは、学級崩壊《がっきゅうほうかい》ってやつだ……！

私《わたし》は震《ふる》えながら、グラウンドを見《み》まわす。

同《おな》じ地方《ちほう》のメンバーなら、仲良《なかよ》しだったりする？

関東《かんとう》のコたちは——、

「よーっし、いっちょやるかぁ」

千葉君《ちばくん》が真《ま》っ赤《か》な髪《かみ》をかきあげ、準備運動《じゅんびうんどう》を始《はじ》める。

すると、ジャージすらスタイリッシュに着《き》こなした神奈川君《かながわくん》が、鼻《はな》で笑《わら》った。

「必死《ひっし》になんのってダサくね？　テキトーにやればいいじゃんか」

「アァ？　神奈川《かながわ》こそ気《き》どっちゃって、逆《ぎゃく》にダッセーだろ。おまえんとこ、オシャレっぽいのは横浜《よこはま》くらいで、後《あと》はほとんど山《やま》か海《うみ》のくせに」

「千葉《おまえ》こそ『東京《とうきょう》ディ●ニーランド』だ『東京《とうきょう》ド●ツ村《むら》』だって、自分《じぶん》を見失《みうしな》いすぎ」

千葉君《ちばくん》と神奈川君《かながわくん》は、バチバチ火花《ひばな》を散《ち》らす。

あ、でもコースの外《そと》に、平和《へいわ》そうな三人《さんにん》がいる。

いちごの片耳《かたみみ》ピアスをつけた**栃木君**《とちぎくん》に、ジャージの上《うえ》に白衣《はくい》をはおった**茨城君**《いばらきくん》だ。

「みんなケンカしちゃって、怖《こわ》いねぇ。いばらぎ君《くん》」

「栃木《とちぎ》さん。自分《じぶん》はいばらきです。二度《にど》とまちがえないでください」

おだやかなはずの春《はる》の空気《くうき》が、真冬《まふゆ》の静電気《せいでんき》なみにバッチバッチしてる。

「こ、これは、ほんとにダメそうだ……っ」

東京君《とうきょうくん》が「仲良《なかよ》くさせせんのなんてムリ」ってさじを投《な》げたのも、わかる気《き》がするよ。

私《わたし》はじりりりと後《あと》ずさる。

安全地帯《あんぜんちたい》を探《さが》して首《くび》をめぐらせると、朝礼台《ちょうれいだい》のわきに、ひとりぼっちで体育座《たいいくずわ》りしてる男子《だんし》を発見《はっけん》した。

おでこをひざにのせてるから顔《かお》は見《み》えないけど――、たぶん、**埼玉君**《さいたまくん》だ。

居場所《いばしょ》のない私《わたし》は、そうっと近《ちか》づく。

……そしたら、ス～ッ、ス～ッと、心地《ここち》よさそうな寝息《ねいき》が聞《き》こえてきた。

「ね、寝《ね》てるっ」

「埼玉《さいたま》は『首都圏《しゅとけん》のベッドタウン』だからな。昼《ひる》は東京《おれ》んとこの会社《かいしゃ》に通《かよ》って、夜《よる》は埼玉《さいたま》の自宅《じたく》に帰《かえ》る——っていう人間《にんげん》が多《おお》い。ふとんの生産《せいさん》も全国一位《ぜんこくいちい》だしな」

「なるほど。それで、よく寝《ね》る設定《せってい》なんですね」

どうやら私《わたし》がつけてない設定《せってい》も、盛《も》りこまれてるみたい。

後《うし》ろからのうんちくにふり向《む》いたら、東京君《とうきょうくん》だ！

さっきキゲンが悪《わる》くなったと思《おも》ったけど、怒《おこ》ってるワケじゃない？

彼《かれ》はジャージのチャックを閉《し》めながら、私《わたし》の横《よこ》を素通《すどお》りしていく。

大都会《だいとかい》ならではの、ちょうどいいキョリ感《かん》ってやつかもしれない。

「悪《わる》い、遅刻《ちこく》した」

「インチョー、どうせ女子《じょし》に囲《かこ》まれて、なかなか着《き》がえに行《い》けなかったんやろ」

大阪君《おおさかくん》にバンバン背中《せなか》をたたかれて、東京君《とうきょうくん》は冷《ひ》ややかな流《なが》し目《め》で彼《かれ》をにらむ。

「あはは、図星《ずぼし》の顔《かお》やな」

人気者《にんきもの》なのも、なかなか大変《たいへん》そうだなぁ。

バチッと視線《しせん》がぶつかったら、東京君《とうきょうくん》は私《わたし》の心《こころ》を読《よ》んだように、目《め》をすわらせた。

持久走《じきゅうそう》は遠巻《とおま》きに眺《なが》めてるだけにしたいけど、残念《ざんねん》ながら授業《じゅぎょう》なので、全員参加《ぜんいんさんか》。

私《わたし》はもちろん、運動《うんどう》は大《だい》の苦手《にがて》だ。

生《う》まれてこの方《かた》、ずっと机《つくえ》にかじりついてマンガざんまいの、ノー・運動《うんどう》を貫《つらぬ》いてきたんだから、当然《とうぜん》なんだけど。

持久走《じきゅうそう》も、最初《さいしょ》の一周《いっしゅう》でヘコたれた。

「こらっ、徳島《とくしま》！　コースで阿波《あわ》おどりを始《はじ》めるんじゃないっ！」

「福島《ふくしま》と山口《やまぐち》、おまえたち仲悪《なかわる》いのかっ？　ひじ打《う》ちし合《あ》うな！」

先生《せんせい》と東京君《とうきょうくん》は、都道府県男子《とどうふけんだんし》の世話《せわ》で手《て》いっぱい。

存在感《そんざいかん》の薄《うす》い私《わたし》が脱出《だっしゅつ》しても、まったく気《き》づかれなかった。

私《わたし》は今《いま》のうちに木陰《こかげ》に隠《かく》れることに決《き》めた――んだけど、すでに先客《せんきゃく》の埼玉君《さいたまくん》が昼寝《ひるね》していた。

幹《みき》をへだてて反対《はんたい》がわに、私《わたし》も腰《こし》をおろす。

五月《ごがつ》の陽《ひ》ざしはやわらかだ。頭上《ずじょう》の桜《さくら》の枝《えだ》が、地面《じめん》にちらちら影《かげ》の模様《もよう》を描《えが》いてる。

私《わたし》はグラウンドに目《め》をもどし、ため息一《いきひと》つ。

長距離走《ちょうきょりそう》のはずなのに、百《ひゃく》メートル走《そう》みたいなスピードで一位《いちい》を争《あらそ》ってるよ。

先生《せんせい》や東京君《とうきょうくん》でもコントロールできない人《ひと》たちを、私《わたし》が仲良《なかよ》くさせるのなんて、どう考《かんが》えたってムリだよね。

私《わたし》よりコミュ力《りょく》が高《たか》くて、特別《とくべつ》クラスに入《はい》りたいコは、たくさんいると思《おも》うんだけど。

なのに私《わたし》が選《えら》ばれたのは、やっぱり東京君《とうきょうくん》が言《い》うとおり、男子《だんし》たちをリアル化《か》した責任《せきにん》を、自分《じぶん》で取《と》れってコトなんだろうな。

早《はや》く仲良《なかよ》くさせないと大変《たいへん》な事《こと》が……って言《い》ってたけど、何《なに》が起《お》こるんだろう。

「ハア」

ため息《いき》がますます大《おお》きくなる。

あの人《ひと》たちがあんなに仲悪《なかわる》いのは、とにかくみんなプライドが高《たか》いからだよね。

自分《じぶん》の土地《とち》が一番《いちばん》って思《おも》うのは、都道府県《とどうふけん》の擬人化男子《ぎじんかだんし》だから、当然《とうぜん》なんだろうけど。

これじゃまるで**戦国時代**《せんごくじだい》だ。

私《わたし》はぼんやり、熾烈《しれつ》な一位争《いちいあらそ》いを眺《なが》める。

ってか、先生《せんせい》はみんなの名前《なまえ》が都道府県名《とどうふけんめい》なのを、おかしいと思《おも》ってないみたい。

擬人化《ぎじんか》キャラだなんて信《しん》じられないくらい、どこからどう見《み》ても人間《にんげん》だもんね。

みょうな名前《なまえ》は、あだ名《な》なのか、なにか事情《じじょう》があるのかって考《かんが》えてる？

彼《かれ》らのスニーカーが、砂《すな》ぼこりを舞《ま》い上《あ》げる。

午後《ごご》の陽《ひ》ざしに、汗《あせ》がきらきら輝《かがや》く。

ケンカをふっかけ合《あ》ったり、おどけたりする、そのリアルに生《い》き生《い》きした表情《ひょうじょう》。

大阪君《おおさかくん》に一位《いちい》をぬかされた東京君《とうきょうくん》が、前髪《まえがみ》をぐいっと後《うし》ろにかきあげ、本気《ほんき》の顔《かお》になる。

その瞳《ひとみ》の、澄《す》んだ色《いろ》。

「アオハルだ……」

東京君《とうきょうくん》がまた一位《いちい》におどり出《で》る。

負《ま》けじとスピードを上《あ》げた大阪君《おおさかくん》が、「あっ」と蹴《け》つまずいて、東京君《とうきょうくん》を巻《ま》きこんで倒《たお》れた。

折《お》り重《かさ》なった二人《ふたり》がケンカしてるうちに、火山《かざん》みたいに闘志《とうし》を燃《も》やす熊本君《くまもとくん》が、横《よこ》を追《お》いこして行《い》く。

みんなが一生懸命走《いっしょうけんめいはし》る姿《すがた》も、それを冷《ひ》やかす笑《わら》い顔《がお》も、くやしそうに歯《は》を食《く》いしばる表情《ひょうじょう》も、太陽《たいよう》の光《ひかり》の中《なか》で、やたらと美《うつく》しい。

私《わたし》は右手《みぎて》がうずいてしまって、……つい、足《あし》もとに落《お》ちてた枝《えだ》を拾《ひろ》った。

「あんたやっぱり、マンガ好《す》きだろ」

上《うえ》からかかった声《こえ》に、私《わたし》は我《われ》に返《かえ》った。

東京君《とうきょうくん》が私《わたし》を見下《みお》ろしてる。

彼《かれ》の背景《はいけい》のグラウンドでは、いつの間《ま》にか持久走《じきゅうそう》が終《お》わってて、男子《だんし》たちがバラバラに教室《きょうしつ》へもどろうとしてるところだ。

そして私《わたし》は、地面《じめん》に這《は》いつくばっていて。

砂《すな》の上《うえ》にびっしりと、男子《だんし》たちが走《はし》ったり、笑《わら》ったり怒《おこ》ったり、転《ころ》んだり座《すわ》りこんだりしている姿《すがた》が描《か》いてある。

ハッとして右手《みぎて》を見《み》たら、私《わたし》はいつの間《ま》にか、ペンがわりに枝《えだ》を握《にぎ》ってた。

目《め》に映《うつ》った姿《すがた》を、一心不乱《いっしんふらん》に描《か》いてたんだ。

また無意識《むいしき》にやっちゃった……！

「うますぎじゃねぇ？　プロみたいだな。って、プロなのか」

東京君《とうきょうくん》は、心底驚《しんそこおどろ》いたって顔《かお》でほめてくれる。

でも私《わたし》は自分《じぶん》が描《か》いたものを見下《みお》ろして、ぶるるっと首《くび》を横《よこ》にふった。

ずっとマンガのことだけを考《かんが》えて生《い》きてきたから、絵《え》だけなら、そこそこ描《か》けるかもしれない。

でもお話《はなし》をつけると魅力《みりょく》が激減《げきげん》しちゃうのは、ときめきとか恋《こい》とか、少女《しょうじょ》マンガに一番大事《いちばんだいじ》なところを、よくわかんないまま、遠《とお》ざけてきたせいだよね。

じゃあ、担当《たんとう》さんの言《い》うとおり、自分《じぶん》でも恋愛《れんあい》してみればいいじゃんって思《おも》うけどさ。

私《わたし》、臆病《おくびょう》なんだよ。

だって、たとえだれかを好《す》きになっても、私《わたし》なんてフラれるに決《き》まってる。

結局《けっきょく》なんにもマンガに活《い》かせないで、

担当《たんとう》さんに「あきらめよっか」って言《い》われるハメになるんだ。

……だから私《わたし》、自分《じぶん》から先《さき》に、終《お》わりにしたかったのかもしれない。

「私《わたし》はもう、プロじゃないんです。マンガはやめるって決《き》めたから」

足《あし》で砂絵《すなえ》を消《け》しかけて、——できなくて。

そのまま動《うご》けなくなっちゃった。

東京君《とうきょうくん》は真向《まむ》かいから、そんな私《わたし》を見《み》つめてる。

……でも、ホントはね。

自分《じぶん》が恋《こい》してみて傷《きず》つくことより。担当《たんとう》さんに「ここまで」ってあきらめられるより。

もっと怖《こわ》いことがある。

ラストチャンスのネームを出《だ》したとしてさ。

その最後《さいご》のマンガまで、「つまらない」って言《い》われたら。

……私《わたし》、心底《しんそこ》、**自分《じぶん》のマンガを嫌《きら》いになっちゃいそう**で。それが一番怖《いちばんこわ》かった。

目《め》の前《まえ》に、枝《えだ》を差《さ》し出《だ》された。

鉛筆《えんぴつ》がわりに使《つか》ってたのを、東京君《とうきょうくん》が拾《ひろ》ってくれたんだ。

その枝《えだ》を、私《わたし》はだまって見《み》つめる。

「……でも、本当《ほんとう》は、マンガのことしか考《かんが》えたくないくらい、マンガが大好《だいす》きなんです」

「そうなんだろうな。この絵《え》を見《み》てると、大好《だいす》きだとしか思《おも》えねぇよ」

マンガをやめて二週間《にしゅうかん》、なんにも楽《たの》しくなかった。

一番《いちばん》ワクワクするのは、マンガを描《か》いている時《とき》なのに、急《きゅう》にそれがなくなっちゃって、胸《むね》にぽかんと大《おお》きな穴《あな》があいたみたいだった。

それでも、ラストチャンスに失敗《しっぱい》して、マンガ自体《じたい》を嫌《きら》いになるよりは、ずっとマシかなって……。

「キャー！」

校舎《こうしゃ》の上《うえ》のほうから、黄色《きいろ》い声《こえ》が降《ふ》ってきた。

考《かんが》えこんでた私《わたし》は、ビクッと肩《かた》をゆらした。

他《た》クラスも休《きゅう》けい時間《じかん》に入《はい》ったみたいだ。

窓《まど》から身《み》を乗《の》り出《だ》したコたちが、都道府県男子《とどうふけんだんし》に手《て》をふってる。

四十七人《よんじゅうしちにん》は、ほとんどアイドルのあつかいだ。

私《わたし》は苦笑《にがわら》いを浮《う》かべかけたけど、途中《とちゅう》で引《ひ》っこめた。

彼女《かのじょ》たちの輝《かがや》く笑顔《えがお》も、ピンクに染《そ》まったほっぺたも、ときめきに満《み》ち満《み》ちてる。

ああいうきらきらこそ、私《わたし》にたりないものなんだよ。あの瞳《ひとみ》がうらやましい。

「――！」

その時《とき》、雷《かみなり》に撃《う》ちぬかれたように、全《すべ》てを解決《かいけつ》するアイディアが降《ふ》ってきた。

私《わたし》、さっき東京君《とうきょうくん》が照《て》れたのを見《み》た時《とき》、きゅんとしたような気《き》がする。

あの心《こころ》の動《うご》きが気《き》のせいじゃなかったなら、私《わたし》にも青春《アオハル》できる可能性《かのうせい》は、たとえわずかだってあるんじゃない⁉

そうだよっ。私《わたし》、担当《たんとう》さんからの「恋愛《れんあい》しろ」ってアドバイスは、「両想《りょうおも》いになれ」ってことだと思《おも》いこんでたけど。

たとえフラれたって、私自身《わたしじしん》がきゅんとできれば、マンガの勉強《べんきょう》にはなるよね⁉

キャラの片想《かたおも》い期間《きかん》こそ、読者《どくしゃ》さんにとっては「どうなるの⁉」って、ドキドキさせられる展開《てんかい》だと思《おも》うしっ。

むしろ**片想《かたおも》い上等《じょうとう》**なのでは……！

そう腹《はら》をくくれば、特別《とくべつ》クラス入《い》りも、「ときめきを学《まな》ぶ」大《だい》チャンスだと思《おも》えてきた。

そしたら今度《こんど》こそ、ちゃんと感情移入《かんじょういにゅう》できるようなマンガを描《か》ける？

担当《たんとう》さんにオッケーをもらえて、これからも、マンガを描《か》き続《つづ》けられる？

心臓《しんぞう》がどくどく、すごい勢《いきお》いで鳴《な》り始《はじ》めた。
今《いま》、**マンガの神様《かみさま》が背中《せなか》を押《お》してくれてる**のかもしれない！

ここで投《な》げださないでがんばったら、まだマンガを描《か》いていられる可能性《かのうせい》が、ある！

私《わたし》は彼《かれ》の手《て》から、パシッと枝《えだ》を受《う》けとった。
「東京君《とうきょうくん》！　私《わたし》、東京《とうきょう》タワーから、ううんっ、スカイツリーから飛《と》びおりるくらいの勇気《ゆうき》で、ラストチャンスに挑《いど》もうと思《おも》いますっ。それで、あの、できたら、相談《そうだん》に乗《の》ってもらえたらうれしいんですが」
「いいよ、話《はな》せよ。なにかあったら相談《そうだん》に乗《の》るって、俺《おれ》から言《い》ったしな」

東京《とうきょう》タワーは３３３メートル。スカイツリーは６３４メートルだから、ほぼ倍《ばい》の勇《ゆう》気《き》だな。

「私《わたし》とも、な、ななな仲良《なかよ》しになってもらえませんかっ！」

勢《いきお》いつけて頭《あたま》を下《さ》げた私《わたし》に、東京君《とうきょうくん》は「え？」と眉根《まゆね》を寄《よ》せる。

私《わたし》の大声《おおごえ》に、ほかの都道府県男子《とどうふけんだんし》たちもパラパラとふり返《かえ》った。

四十七人《よんじゅうしちにん》も男子《だんし》がいっぱいいたら、気《き》の合《あ》う男子《だんし》が、一人《ひとり》くらいはいるよね？

しかも彼《かれ》らは、私《わたし》が描《か》いたキャラなんだ。

そう思《おも》ったら、リアルな男子《だんし》と恋愛《れんあい》するより、ずっとハードルが低《ひく》い気《き》がする。

両想《りょうおも》いを目指《めざ》すんじゃなくて、片想《かたおも》いでも、とにかく私《わたし》がときめければいいんだもんっ。

「……仲良《なかよ》し？　あんたと、俺《おれ》が？」

「ハイ！　私《わたし》と、都道府県男子《とどうふけんだんし》のみなさんが。私《わたし》がマンガを描《か》き続《つづ》けられるどうかは、

私《わたし》がときめけるかどうかにかかってるんですっ。そうしたら、私《わたし》はお礼《れい》に、男子《だんし》どうしも仲良《なかよ》くなれるよう、がんばってみますから！」

東京君《とうきょうくん》はポカンとして私《わたし》の話《はなし》を聞《き》くと——。

しばらくして、ニィッとくちびるのハシを持《も》ち上《あ》げた。

「……なるほど。仲良《なかよ》しになりたいって、千代原《ちよはら》のほうは、ほんとは〝それ以上《いじょう》〟が必要《ひつよう》なんじゃねぇの？」

「まぁ、ええ、ハイ……」

でも「私《わたし》をときめかせて」なんて、恥《は》ずかしすぎて、言《い》えるワケない。

「わかった。俺《おれ》たちがときめきを教《おし》えてやるよ。あんたは俺《おれ》たちのために協力《きょうりょく》して、俺《おれ》たちは、あんたの目的《もくてき》のために協力《きょうりょく》する」

し、してくれるのっ⁉　ときめき特訓《とっくん》！

目《め》を見開《みひら》く私《わたし》を、彼《かれ》は正面《しょうめん》からのぞきこんでくる。

「カクゴしとけよ。めちゃくちゃドキドキさせてやるから」

「ヒッ……！」

私《わたし》はときめきの前《まえ》に、この顔面《がんめん》のまぶしさに慣《な》れる特訓《とっくん》が必要《ひつよう》みたい。

「それに俺《おれ》は、がんばるやつは嫌《きら》いじゃない」

「えっ」

パンッと背中《せなか》をたたかれて、私《わたし》は前《まえ》につんのめる。

ちらりと見《み》えた表情《ひょうじょう》が、さっきのキメ顔《がお》より力《ちから》の抜《ぬ》けた、クールな東京君《とうきょうくん》らしから
ぬ、やんちゃな「少年《しょうねん》」の笑顔《えがお》だった。

しっかり笑《わら》ったの、初《はじ》めて見《み》た……！

棒立《ぼうだ》ちになる私《わたし》に、東京君《とうきょうくん》は眉《まゆ》を上《あ》げる。

「どうした？」

「……ちょっと待《ま》って。今《いま》、話《はな》しかけないでください」

「ハ？」

私《わたし》はあぜんとする彼《かれ》を残《のこ》して、猛《もう》ダッシュで教室《きょうしつ》へ駆《か》けもどった。


机《つくえ》の中《なか》をのぞきこみ、カバンをひっくり返《かえ》して、アアッと頭《あたま》を抱《かか》える。

マンガ用《よう》のメモ帳《ちょう》がない！

そうだ、部屋《へや》の段《だん》ボール箱《ばこ》に封印《ふういん》しちゃったから、学校《がっこう》に持《も》ってきてないよ！

とりあえずノートの空《あ》いてるページでいいやっ。

今《いま》の、東京君《とうきょうくん》の笑顔《えがお》を目《ま》の当《あ》たりにした時《とき》の、胸《むね》の高鳴《たかな》り。

この笑顔《えがお》は、自分《じぶん》だけしか見《み》てなかったよねっていう、特別感《とくべつかん》。

心臓《しんぞう》がほんとにブルッと震《ふる》えた、生々《なまなま》しい感《かん》じ。


これだよ……！


東京君《とうきょうくん》はキャラデザの設定《せってい》どおり、「クールヒーロー、優《やさ》しさギャップ萌《も》えタイプ」！

私《わたし》は夢中《むちゅう》になって一《いち》ページ目《め》をうめ、次《つぎ》のページへ。

ザカザカと、速記状態《そっきじょうたい》でペンを走《はし》らせる。

担当《たんとう》さんに提出《ていしゅつ》しなきゃってより、「こういうのを描《か》きたい！」っていう気持《きも》ちに突《つ》き動《うご》かされてペンを走《はし》らせるのは、いつぶりだろう。

だれかが声《こえ》をかけてきた気《き》がするけど、「ちょっと待《ま》って！」って、ふりはらった。

集中《しゅうちゅう》をとぎらせたら、せっかくつかみかけてた感覚《かんかく》を、また見失《みうしな》っちゃう……！

私《わたし》は十六《じゅうろく》ページのネームを、一気《いっき》にしあげた。

主人公《しゅじんこう》は、クラスになじめない、超《ちょう》・男子嫌《だんしぎら》いな女子中学生《じょしちゅうがくせい》。

学級委員長《がっきゅういいんちょう》のヒーローは、クールすぎて、ちょっと怖《こわ》いタイプ。

だけどなぜか、主人公《しゅじんこう》を気《き》にかけてくれて……。

見《み》どころは、仏頂面《ぶっちょうづら》のヒーローが、主人公《しゅじんこう》に心《こころ》を許《ゆる》した時《とき》の、一《いち》ページまるまる使《つか》った、はにかむ笑顔《えがお》っ。

「できたぁ〜〜!」

最後《さいご》のページの、主人公《しゅじんこう》の胸《むね》から飛《と》び出《だ》す効果音《こうかおん》、「ドキ……ッ」を描《か》きこみ終《お》えて、私《わたし》はノートを天井《てんじょう》にかかげた。

「見《み》せてみろよ」

「わぁっ!?」

集中《しゅうちゅう》が切《き》れたとたん、横《よこ》からかかった声《こえ》に、私《わたし》はイスから転《ころ》げ落《お》ちた。

となりの席《せき》でほおづえをついた東京君《とうきょうくん》が、私《わたし》に手《て》のひらを差《さ》し出《だ》してる。

「あ、あ、あれっ?」

頭《あたま》が完全《かんぜん》にマンガの世界《せかい》に行《い》ってたから、状況《じょうきょう》を把握《はあく》するのに時間《じかん》がかかった。

教室《きょうしつ》はガランとしてる。先生《せんせい》もいない。

東京君《とうきょうくん》は制服姿《せいふくすがた》で、私《わたし》は五時間目《ごじかんめ》の体育《たいいく》のジャージのまま。

「……あの、六時間目《ろくじかんめ》は……」

「とっくに終《お》わってる。もう終礼《しゅうれい》もすんで、みんな寮《りょう》に帰《かえ》った。俺《おれ》はあんたを連《つ》れて帰《かえ》らなきゃいけないから、ここで待《ま》ってた」

淡々《たんたん》と説明《せつめい》されて、サ〜〜ッと血《ち》の気《け》が引《ひ》いていく。

またやっちゃった……！

バッと時計《とけい》を見《み》たら、もう五時《ごじ》近《ちか》い。

「ご、ごめんなさいっ。ずっと待《ま》っててくれたのっ？」

「じゃあ、ごめんなさいがわりに、それ」

ずいっとまた手《て》を差《さ》し出《だ》されて、私《わたし》はノートと彼《かれ》を見《み》くらべる。

「こ、これですか……っ」

「そ」

有無《うむ》を言《い》わさぬ「そ」だ。

でも今《いま》までずっと、途中《とちゅう》でペンを止《と》めさせずに待《ま》っててくれたんだよね。

ふつうだったら「いいかげんにしなさい！」って、おばさんみたいに怒《おこ》るとこだよ。

私《わたし》はぐうううう……とうなりつつも、しかたなくノートを渡《わた》した。

東京君《とうきょうくん》は満足《まんぞく》げに受《う》けとり、さっそく最初《さいしょ》のページからたぐり始《はじ》める。

「あ、あの、それはネームって言《い》って、マンガの下書《したが》きの下書《したが》きみたいなもので。本番《ほんばん》は、もっとちゃんとキレイに描《か》くんです」

彼《かれ》は「へぇ」と短《みじか》く答《こた》えた後《あと》、ページをめくり始《はじ》めた。

家族《かぞく》と担当《たんとう》さん以外《いがい》に、目《め》の前《まえ》でマンガを読《よ》まれるのなんて、初《はじ》めてだよっ。

東京君《とうきょうくん》は、ヒーローの登場《とうじょう》シーンを開《ひら》くと、ピタッと手《て》を止《と》めた。

「これ、俺《おれ》じゃねぇか！」

「はぁ、まぁ……。でも、東京君《とうきょうくん》自身《じしん》も、私《わたし》のイラスト生《う》まれだし……」

「そ、それはそうだけどな」

東京君《とうきょうくん》は居心地《いごこち》悪《わる》そうに座《すわ》りなおし、またネームにもどる。

彼《かれ》はしばらく、スンッと真顔《まがお》でページをめくってたけど。

とうとう、最後《さいご》のページまでたどり着《つ》いた。

『俺《おれ》はおまえのこと、嫌《きら》いじゃないよ』

ヒーローは主人公《しゅじんこう》にそう言《い》って、いたずらっぽく、くちびるのハシを持《も》ち上《あ》げるんだ。

ゴホォッ！

東京君《とうきょうくん》が、いきなり激《はげ》しくムセた。

「ど、どうしたのっ。大丈夫《だいじょうぶ》ですか」

げほんごほんセキこみながら、彼《かれ》は涙目《なみだめ》でノートを閉《と》じる。

彼《かれ》が口《くち》を開《ひら》こうとするのを、

「待《ま》って！」

私《わたし》は両手《りょうて》でふさぎ止《と》めた。

「お手《て》やわらかにお願《ねが》いしますっ。つまらないって言《い》われたら、立《た》ち直《なお》れなくなるから」

「つまんねー」

手《て》のひら越《ご》しに聞《き》こえた声《こえ》に、私《わたし》はギャッと悲鳴《ひめい》を上《あ》げる。

さすがシビアな大都会東京《だいとかいとうきょう》、ヨウシャない！

「恋愛《れんあい》の展開《てんかい》、不自然《ふしぜん》すぎだろ。なんでトリハダ立《た》てるくらい男嫌《おとこぎら》いな主人公《しゅじんこう》が、次《つぎ》のページでいきなりキュンッとかしてんだよ」

「そ、それは、その」

「どうせ、このページのヒーローの表情《ひょうじょう》を、早《はや》く描《か》きたかったんだろ。それが見《み》え見《み》えすぎ。このあいだに事件《じけん》でもはさんで、主人公《しゅじんこう》がヒーローを好《す》きになる〝理由《りゆう》〟を見《み》せてくべきだろ」

お、おおお……っ？　担当《たんとう》さんみたいな鋭《するど》い指摘《してき》、そしてアドバイス！

「でもそのかわり、この見《み》せ場《ば》の表情《ひょうじょう》はスゴいと思《おも》った。なんかこっちがドキッとしたよ。あんたは表情《ひょうじょう》描《か》くのうまいんだから、ちゃんとストーリーの段取《だんど》りを踏《ふ》めるようになったら、めちゃくちゃおもしろくなるんじゃないか？」

しかも、ありがたいフォローつきだ。

「描《か》きなおしたやつを、読《よ》んでみたい。俺《おれ》はそう思《おも》ったよ」

東京君《とうきょうくん》は私《わたし》を正面《しょうめん》から見《み》つめて、そう言《い》った。

……読《よ》んでみたい。

その言葉《ことば》が、私《わたし》の胸《むね》にたくさん残《のこ》ってる細《こま》かな傷《きず》に、すうっと染《し》みわたる。

私《わたし》がずっと、すっごく、一番聞《いちばんき》きたかった言葉《ことば》だ……！

「あ、ありがとう……」

私《わたし》は息《いき》を深《ふか》くはきながら、彼《かれ》を見上《みあ》げる。

「東京君《とうきょうくん》って、生《う》まれてまだ二週間《にしゅうかん》なのに、こんなアドバイスができて、スゴいですね」

「この姿《すがた》を取《と》ったのは二週間前《にしゅうかんまえ》でも、その前《まえ》は――、いや、なんでもない」

なにか言《い》いかけた彼《かれ》は、口《くち》を閉《と》ざしちゃった。

私《わたし》はそれより、今《いま》のアドバイスを忘《わす》れないよう、急《いそ》いでネームに書《か》きこんでおく。

「描《か》きなおしたら、ホントにまた見《み》せていいですか？　相談《そうだん》に乗《の》ってもらえます？」

「いいよ。ただし、千代原《ちよはら》もちゃんと、俺《おれ》たちとの**交換条件《こうかんじょうけん》**を果《は》たしてくれよ。つか、あんたにたのまれてんのは、マンガの指導《しどう》じゃなかったハズだけどな」

東京君《とうきょうくん》はカバンを手《て》に立《た》ちあがる。

ちょうど下校時間《げこうじかん》の放送《ほうそう》が入《はい》った。

「あ、寮《りょう》に行《い》かなきゃでしたねっ。私《わたし》も、みんなが仲良《なかよ》しになれるよう、が、がんばります。なるべく、できるかぎり……」

私《わたし》も立《た》ちあがりつつ言《い》うと、彼《かれ》は私《わたし》の右手《みぎて》を取《と》った。

会社《かいしゃ》でオトナがやるみたいな、軽《かる》い握手《あくしゅ》。

これで私《わたし》たちの**契約《けいやく》が成立《せいりつ》**――ってことだろうか。

私《わたし》の手《て》よりずっと大《おお》きな、しっかりした手《て》のひら。ちゃんと生《い》きてる人間《にんげん》の体温《たいおん》。

彼《かれ》は私《わたし》の手《て》をにぎったまま、ニィッと、いたずらっぽい顔《かお》で笑《わら》う。

「これからじっくり、ときめきを特訓《とっくん》してやるからな。——**ほずみ**」

東京君《とうきょうくん》の、イケメン力《ぢから》・百《ひゃく》パーセント発揮《はっき》の笑顔《えがお》！

私《わたし》はその尊《とうと》いオーラにふっ飛《と》ばされ、イスごと向《む》こうにひっくり返《かえ》った。

どっどっどっどっと、心臓《しんぞう》がツブれるんじゃないかって速《はや》さで脈打《みゃくう》ってる。

さすがにこれはときめきじゃなくて、不整脈《ふせいみゃく》では⁉

「ばーか」

東京君《とうきょうくん》はちょっと笑《わら》って、私《わたし》を引《ひ》っぱり起《お》こしてくれる。

「ちょ、ちょっと待《ま》って。今《いま》の表情《ひょうじょう》、記憶《きおく》に残《のこ》ってるうちに描《か》いときたい！」

私《わたし》はまた机《つくえ》に飛《と》びつき、ノートにペンを走《はし》らせ始《はじ》める。

「おいっ、ほずみ!? マ、マジかよ、この**マンガバカ**……ッ」

夢中《むちゅう》になる私《わたし》の頭《あたま》の上《うえ》に、心底《しんそこ》あきれ返《かえ》った東京君《とうきょうくん》の声《こえ》が降《ふ》ってきた――ような気《き》がしたのでした。

❹北関東《きたかんとう》トリオ（群馬君《ぐんまくん》・栃木君《とちぎくん》・茨城君《いばらきくん》）

学校《がっこう》を出《で》たころには、空《そら》がすっかり暗《くら》くなっていた（私《わたし》のせいです）。

寮《りょう》までは、住宅街《じゅうたくがい》の中《なか》を歩《ある》いて十分《じゅっぷん》ほど。

都道府県男子《とどうふけんだんし》はいくつかの寮《りょう》に分《わ》かれて暮《く》らしていて、私《わたし》はちょうど一部屋《ひとへや》空《あ》いてた、「関東寮《かんとうりょう》」に入《はい》るそうだ。

「ほずみの保護者《ほごしゃ》にも、もちろん許可《きょか》は取《と》ってある。夜《よる》、寮《りょう》に電話《でんわ》くれるそうだ」

「タツキおばさん、なんて言《い》ってたんだろ。東京君《とうきょうくん》、聞《き》いてます？」

東京君《とうきょうくん》と歩《ある》きながら話《はな》すと、身長差《しんちょうさ》がありすぎて、目《め》を合《あ》わせるのも大変《たいへん》だ。

彼《かれ》は道《みち》の先《さき》を向《む》いたまま、「特《とく》には」とつぶやいた。

気《き》まずい空気《くうき》が流《なが》れた気《き》がする。

……これはタツキおばさん、驚《おどろ》いて反対《はんたい》するどころか、「どーぞどーぞ」ってかんじだったんだろうな。

そして東京君《とうきょうくん》も、私《わたし》の家庭事情《かていじじょう》は聞《き》いてるみたい。

「……あの。おばさんはいつもほとんど家《いえ》に帰《かえ》ってこないし、マンガに反対《はんたい》なんですよね。寮《りょう》に入《はい》れば、思《おも》う存分《ぞんぶん》マンガが描《か》けるから、この寮生活《りょうせいかつ》は、むしろラッキーなのかもって、思《おも》い始《はじ》めました。みんなに、と、ときめき特訓《とっくん》してもらわなきゃですしねっ」

「そうか」

こっちを見下《みお》ろした彼《かれ》は、ちょっとホッとした顔《かお》。

その表情《ひょうじょう》に、私《わたし》も一緒《いっしょ》にホッとする。

「関東《かんとう》メンバーは恋愛《れんあい》マンガ向《む》きじゃないけどな。ま。がんばってくれよ」

おまけに、めちゃくちゃ不穏《ふおん》なはげましをくれた。

でもホント、今日《きょう》からの都道府県男子《とどうふけんだんし》・関東《かんとう》チームとの寮生活《りょうせいかつ》は、私《わたし》にとっての大《だい》チャレンジで、ラストチャンスだ。

気合《きあ》いを入《い》れて、「ときめき」を学《まな》ばせてもらわないと。

そして担当《たんとう》さんがビックリするような、恋愛《れんあい》マンガを描《か》きあげてやる！

「うちの寮《りょう》は七人《しちにん》で、今日《きょう》から千代原《ちよはら》が加《くわ》わって八人《はちにん》だな。共用部分《きょうようぶぶん》の掃除《そうじ》とゴミ捨《す》ては、当番制《とうばんせい》。自分《じぶん》の部屋《へや》の掃除《そうじ》は自分《じぶん》でやる」

「はいっ」

私《わたし》は一人《ひとり》の時間《じかん》が長《なが》かったから、家事《かじ》はふつうにできると思《おも》う。けど、マンガに夢中《むちゅう》になって、当番《とうばん》をすっぽかさないように気《き》をつけなきゃ。

「朝《あさ》と夜《よる》の食事当番《しょくじとうばん》は二人《ふたり》ずつで、毎回《まいかい》くじ引《び》き。あいつら、だれと組《く》むのがイヤだとかうるさすぎるから、自分《じぶん》の運《うん》で決《き》まるならモンクないだろって話《はなし》になった。──ってワケで、ほずみ。ここが、オレたちの**関東寮《かんとうりょう》**だ」

玄関《げんかん》のオープンラックに、男子《だんし》の大《おお》きなスニーカーや革靴《かわぐつ》がたくさん並《なら》んでる。

続《つづ》く廊下《ろうか》には、二階《にかい》への階段《かいだん》と、名前《なまえ》プレートのかかったドアがいくつか。

突《つ》き当《あ》たりがリビングになってるみたい。

二階《にかい》にも人《ひと》がいるらしくて、ドスドスと歩《ある》く音《おと》が、天井《てんじょう》ごしに響《ひび》いてきた。

関東寮《かんとうりょう》は、外《そと》から見《み》ても、ちょっと大《おお》きめの民家《みんか》──ってかんじだったけど、中《なか》もホントに、そのまま民家《みんか》だ。

パパとママと暮《く》らした、私《わたし》の実家《じっか》みたいな雰囲気《ふんいき》。

スリッパを出《だ》してもらって、東京君《とうきょうくん》の後《あと》を追《お》いかける。

関東寮《かんとうりょう》ってことは──、と、私《わたし》はクラスにいたメンツを思《おも》い浮《う》かべる。

オシャレな神奈川君《かながわくん》。真《ま》っ赤《か》な髪《かみ》が不良《ふりょう》っぽい千葉君《ちばくん》。ずっと居眠《いねむ》りしてた埼玉君《さいたまくん》に、白衣男子《はくいだんし》の茨城君《いばらきくん》、いちごピアスの栃木君《とちぎくん》。

そういえば群馬君《ぐんまくん》だけは、見《み》かけた記憶《きおく》がないや。

「たいていみんな用事《ようじ》がなけりゃ、食事《しょくじ》の時以外《ときいがい》は、自分《じぶん》の部屋《へや》だな。今日《きょう》は、**茨城《いばらき》と群馬《ぐんま》が夕飯当番《ゆうはんとうばん》**だから、ちょうど今《いま》ごろリビングにいると思《おも》う」

「は、はい……」

自分《じぶん》が創《つく》ったキャラとはいえ、キンチョーしてきた。

マンガのための特訓《とっくん》、マンガのための特訓《とっくん》、マンガのため……っ！

できれば手《て》っとり早《ばや》く、だれかに片想《かたおも》いして、ときめけますように！

覚悟《かくご》を決《き》めて、東京君《とうきょうくん》に続《つづ》いて戸《と》をくぐる。

広《ひろ》いリビングは、白《しろ》いフローリングがさわやかな、明《あか》るい洋間《ようま》だ。

革《かわ》ばりのソファと、映画館《えいがかん》みたいに大《おお》きなテレビが置《お》いてある。

八人全員《はちにんぜんいん》すわれそうな巨大《きょだい》テーブルの真《ま》ん中《なか》には、花《か》びんにいけられた梅《うめ》の花《はな》。

窓《まど》の外《そと》には、庭《にわ》までのぞいてる。

私《わたし》たちが部屋《へや》に入《はい》ったとたん、テーブルの三人《さんにん》が、いっせいにこっちを向《む》いた。

東京君《とうきょうくん》がカバンをソファのわきにおろす。

「ただいま。ほずみを連《つ》れてきた」

「お、おジャマします」

「ほずちゃん、ようこそ～♡　さっきの教室《きょうしつ》ぶりだねっ」

イスからぴょんっと飛《と》びおり、こっちに駆《か》けてきたのは、いちごピアスの男子《だんし》。

いちごが特産《とくさん》の、いやし系《けい》ほわほわ男子《だんし》、**栃木君**《とちぎくん》だ。

「ほ、ほずちゃん。そんな呼《よ》ばれ方《かた》したの、私《わたし》、生《う》まれて初《はじ》めてです……」

「かわいいあだ名《な》でしょお？　ぼく、ほずちゃんがよろこぶかなぁと思《おも》って、お花《はな》を飾《かざ》ってみたんだよ。この花《か》びんは**益子焼**《ましこやき》っていう、栃木《とちぎ》の特産品《とくさんひん》♡　梅《うめ》の花《はな》は、茨城《いばらき》が咲《さ》かせてくれたんだよ。茨城《いばらき》には**梅《うめ》の名所**《めいしょ》があるからねっ。どうどう？　かわいい？　うれしい？」

きゅるんきゅるんした瞳《ひとみ》で見上《みあ》げられて、私《わたし》は急《いそ》いでうなずいた。

「は、はいっ。かわいいしうれしいですっ。栃木君《とちぎくん》ですよね？　ありがとうございます」

「うふふ～。じゃあこの梅《うめ》は、ほずちゃんのお部屋《へや》にもかざってね♡」

花《か》びん入《い》りのお花《はな》を渡《わた》されて、私《わたし》は感動《かんどう》しちゃった。

思《おも》いもよらず、歓迎《かんげい》されてる……!?

「あのさぁ、『おジャマします』じゃなくて『ただいま』でしょ？　すぐ帰《かえ》るならいいけど、ここで生活《せいかつ》するんだったらさ」

そして、彼《かれ》の後《うし》ろから、もう一人《ひとり》がツンッと言《い》い放《はな》った。

あれ？　このコはだれだろう。

自分《じぶん》でキャラデザしたくせに、私《わたし》はパチパチ目《め》を瞬《またた》いた。

栃木君《とちぎくん》と「彼《かれ》」は、どっちも私《わたし》と同《おな》じくらいのミニマムな身長《しんちょう》だ。

そして——**顔《かお》がそっくり**。

栃木君《とちぎくん》はタレ目《め》で、彼《かれ》はつり目《め》で、あとは表情《ひょうじょう》がちがうくらいで。

「双子《ふたご》さん……？」

「ぼくたちはもともと一《ひと》つの国《くに》だったから、きっと、その設定《せってい》に引《ひ》っぱられたんだね～」

栃木君《とちぎくん》がコロコロと笑《わら》う。

すると、となりの〝県名不明男子《けんめいふめいだんし》〟は、鼻《はな》を鳴《な》らした。

「古代《こだい》の日本《にほん》じゃ、ボクらは一《ひと》つの『毛野国《けのくに》』だったの。今《いま》の都道府県名《とどうふけんめい》になったのは、明治時代《めいじじだい》だから、つい最近《さいきん》だよ。ほずみはそんなコトも知《し》らないの？」

「毛《け》の国《くに》……」

私《わたし》は思《おも》わず、二人《ふたり》の髪《かみ》の毛《け》を見《み》つめる。

二人《ふたり》とも髪《かみ》はフサフサしてるけど、半《はん》そでの腕《うで》は、お人形《にんぎょう》さんみたいにツルツルだ。

私《わたし》がジッと腕《うで》を見《み》つめてるのに気《き》づき、彼《かれ》はピャッと後《うし》ろへとびすさった。

「やっ、やめてよ！　ムダ毛《げ》の『毛《け》』じゃなくって、お米《こめ》とか麦《むぎ》とか、ああいう食《た》べ物《もの》を『毛《け》』って表現《ひょうげん》してたの！　大地《だいち》に稲《いね》が生《は》えてるのって、まるで毛《け》みたいでしょっ。だから『毛野国《けののくに》』は、食《た》べ物《もの》が豊《ゆた》かな国《くに》っていう意味《いみ》なんだからねっ」

諸説《しょせつ》あるよ♡　栃木《とちぎ》を流《なが》れてる鬼怒川《きぬがわ》も、昔《むかし》は毛野川《けのがわ》って呼《よ》ばれてたんだよ～。
ケノガワがキヌガワって、ナマッたんだろーね。

「とにかく、ボクは**群馬《ぐんま》**だから！　ヨロシク！」

つり目《め》の彼《かれ》に手《て》を差《さ》し出《だ》されて、私《わたし》はギョッとしてしまった。

「群馬君《ぐんまくん》なのっ？　私《わたし》が描《か》いたキャラデザでは、群馬《ぐんま》は**冬《ふゆ》に吹《ふ》くカラッ風《かぜ》**が有名《ゆうめい》だから、『カラッと陽気《ようき》なお兄《にい》ちゃん』タイプにしたはずなんだけど」

群馬《ぐんま》の「馬《うま》」の字《じ》から、大《おお》きな馬《うま》みたいな男子《だんし》をイメージしたんだ。

すると群馬君《ぐんまくん》は、片方《かたほう》の眉《まゆ》を上《あ》げた。

「カラッと陽気《ようき》じゃなくて悪《わる》かったね。ボクのところは、夏《なつ》は雷雨《らいう》が多《おお》くて、冬《ふゆ》は冷《つめ》たいカラッ風《かぜ》が吹《ふ》くから、こういう感《かん》じになってるらしいよ」

わぁ、なるほどだ。

風当《かぜあ》たりの強《つよ》さで、強気《つよき》なツンツンタイプになったのか。

「私《わたし》のキャラデザも、採用《さいよう》されてるトコと、されてないトコがあるんですね」

自分《じぶん》のキャラなんだから、みんなの事《こと》はわかってる——とは、油断《ゆだん》できないんだ。

「ぼくたちは、ほずみちゃんの絵《え》に引《ひ》き寄《よ》せられて生《う》まれたけど、もともとは——、ムガッ」

栃木君《とちぎくん》の口《くち》に、わきからぶ厚《あつ》い本《ほん》が押《お》し当《あ》てられた。

彼《かれ》の言葉《ことば》をさえぎったのは、ずっとだまってた白衣《はくい》の男子《だんし》だ。

「どうも、千代原《ちよはら》ほずみさん。自分《じぶん》は**茨城《いばらき》**です」

彼《かれ》は私《わたし》の設定《せってい》どおりみたい。「筑波宇宙《つくばうちゅう》センター」があるから、研究者《けんきゅうしゃ》さんっぽい知《ち》性派男子設定《せいはだんしせってい》。

彼《かれ》は落《お》ちついた態度《たいど》で、私《わたし》と握手《あくしゅ》をかわしてくれる。

「ど、どうもです、いばらぎ君《くん》」

「いばらきです」

「スミマセン！」

大阪府《おおさかふ》茨木市《いばらきし》も「いばらき」で、自《じ》分《ぶん》も「いばらき」です。まちがえたら、特産《とくさん》の水戸《みと》納豆《なっとう》くらい、ねばり強《づよ》く訂正《ていせい》しますからね。

とにかく栃木《とちぎ》・群馬《ぐんま》・茨城《いばらき》で、「北関東《きたかんとう》」三県《さんけん》がそろってる。

「ほずみ。あんたの荷物《にもつ》、これだろ？」

いつの間《ま》にか東京君《とうきょうくん》が、でっかいスーツケースを運《はこ》んで来《き》てくれてた。

おばさんが泊《と》まりがけの出張《しゅっちょう》の時《とき》に使《つか》ってる、一番大《いちばんおお》きなやつだ。

「あと他《ほか》に、段《だん》ボール箱《ばこ》も届《とど》いてる。すげぇ重《おも》たいの」

リビングの戸口《とぐち》に、彼《かれ》が引《ひ》きずってきてくれたらしい箱《はこ》がのぞいてる。

「あっ！　ありがとうございます」

私《わたし》はスーツケースをスルーして、箱《はこ》のほうに飛《と》びついた。

厳重《げんじゅう》にガムテープで封《ふう》をした、ボロボロの、古《ふる》い段《だん》ボール箱《ばこ》。

「やっぱり……！」

タツキおばさん、なんでこれまで送《おく》ってくれたんだろう。

洋服《ようふく》を出《だ》すのにクロゼットを開《あ》けて、箱《はこ》に気《き》づいた？　それで「こんな汚《きたな》い箱《はこ》、あたしのマンションに置《お》き去《ざ》りにしないでよ」って思《おも》ったのかな。

私《わたし》はゴクッとノドを鳴《な》らし、テープをはがした。

タブレットに、ネーム用紙《ようし》に、ネタ帳《ちょう》、文房具《ぶんぼうぐ》。

お別《わか》れをカクゴした、私《わたし》のマンガ道具《どうぐ》たちが、ちゃんとそのまま入《はい》ってる！

ずっと一緒《いっしょ》にすごしてきたコたちが目《め》に入《はい》ったとたん、胸《むね》に熱《あつ》いものがこみあげた。

捨《す》てられちゃわなくて、よかったぁ……！

「これ、なぁに？」

栃木君《とちぎくん》が中《なか》をのぞきこんでくる。

東京君《とうきょうくん》も後《うし》ろに立《た》った。

「マンガの道具《どうぐ》か。ほずみはプロなんだぜ。すごいよな」

「「へー！」」

栃木君《とちぎくん》と群馬君《ぐんまくん》の双子《ふたご》が、同時《どうじ》に大《おお》きな声《こえ》を上《あ》げる。

茨城君《いばらきくん》まで、瞳《ひとみ》がちょっぴり大《おお》きくなってるよ。

「ちがうんですっ。今《いま》はほぼプロじゃないっていうか、……その、ぜんぜん売《う》れなくて、次《つぎ》がラストチャンスなので、がんばらなきゃっていうか……」

あわてて言《い》い訳《わけ》するうちに、恥《は》ずかしさに声《こえ》が小《ちい》さくなっていく。

東京君《とうきょうくん》はそんな私《わたし》の肩《かた》を、軽《かる》くたたいた。

「ほずみは、俺《おれ》たちの『問題解決《もんだいかいけつ》』に協力《きょうりょく》してくれるって。かわりに、俺《おれ》たちがほずみに『ときめき特訓《とっくん》』する約束《やくそく》になった」

「「「ときめき特訓《とっくん》!?」」」

北関東《きたかんとう》の三人《さんにん》が、声《こえ》をそろえる。

「そう。マンガを描《か》くために、ほずみが自分《じぶん》でドキドキしなきゃいけないんだってさ」

「あの、変《へん》なことをたのんですみませんが、お願《ねが》いできますでしょうか……！」

私《わたし》はタブレットをぎゅっと大事《だいじ》に抱《かか》えて、みんなを見《み》まわす。

「いいよ〜、ぼくは協力《きょうりょく》する♡　都道府県《とどうふけん》のみんなが仲良《なかよ》くなってくれたら大助《おおだす》かりだし、ほずちゃんもマンガを描《か》き続《つづ》けられるんなら、Ｗｉｎ《ウィン》－ｗｉｎ《ウィン》だもん。ねっ、群馬《ぐんま》！」

「しょーがないね。できる事《こと》だけなら、ボクも手伝《てつだ》ってあげてもいい」

群馬君《ぐんまくん》は栃木君《とちぎくん》にひじで小突《こづ》かれて、ハーッと大《おお》きなため息《いき》をついた。

「あ、ありがとう……！」

私《わたし》は身《み》を乗《の》り出《だ》して、双子《ふたご》と握手《あくしゅ》をかわす。

二人《ふたり》の手《て》のひらは、女《おんな》の子《こ》みたいに華奢《きゃしゃ》だ。

私《わたし》、この二人《ふたり》なら、男子《だんし》に対《たい》する苦手意識《にがていしき》はないかもっ？

すると茨城君《いばらきくん》が、「うーん」とうなりながら首《くび》をひねった。

「ときめきの定義《ていぎ》とは、いったい？　それは、自分《じぶん》が宇宙《うちゅう》について想《おも》いをはせている時《とき》の、または、新惑星《しんわくせい》が発見《はっけん》された時《とき》のような気持《きも》ちでしょうか？」

でしょうかって聞《き》かれても、私《わたし》も学《まな》びたいくらいなんだから、なんとも。

私《わたし》も茨城君《いばらきくん》と一緒《いっしょ》に首《くび》をひねる。

「たぶん、そうかもです？」

「「ちがうだろ」」

首都《しゅと》プラス双子《ふたご》に、ビシッとツッコまれてしまった。

関西男子《かんさいだんし》じゃなくても、ツッコミってするんだな？


夕《ゆう》ごはん当番《とうばん》の茨城君《いばらきくん》と群馬君《ぐんまくん》は、これからスーパーへ食材《しょくざい》を買《か》いに行《い》くんだって。

栃木君《とちぎくん》も同行《どうこう》するそうで、「ほずちゃんも一緒《いっしょ》に行《い》こ♡」って、誘《さそ》われてしまった。

いえ、私《わたし》はネームを直《なお》したいので！

……って、反射的《はんしゃてき》に断《ことわ》りかけたけど。

集団生活《しゅうだんせいかつ》なのに、なんにもしないでタダ飯食《めしぐ》らいはダメだよね。

しかもここには「ときめき特訓《とっくん》」に来《き》てるのに、ぼっちになってる場合《ばあい》じゃないっ。

——というワケで。

私《わたし》はふたたび、スカイツリーから飛《と》びおりるレベルの勇気《ゆうき》を出《だ》して、北関東《きたかんとう》トリオとお買《か》い物《もの》に出発《しゅっぱつ》した。

夕方《ゆうがた》の店内《てんない》は、仕事帰《しごとがえ》りの人《ひと》たちでごった返《がえ》してる。

「都内《とない》のスーパーは小《ちい》さいですよね。茨城《いばらき》のイオンは、町《まち》みたいに大《おお》きいんですが」

白衣《はくい》姿《すがた》でレジカゴを持《も》つ美男子《びなんし》に、まわりのおばちゃんたちが、「ドラマの撮影《さつえい》？」ってギョッとしてる。

「あー、あれでしょ。子《こ》どもの遊《あそ》び場《ば》もデート先《さき》も、『いつものイオン』ってやつ」

「映画館《えいがかん》やゲームセンターまでありますからね。さすがに宇宙規模《うちゅうきぼ》ではありませんが」

「ね〜、群馬《ぐんま》。デザートにいちご買《か》って♡」

栃木君《とちぎくん》が群馬君《ぐんまくん》のひじを引《ひ》く。

「えー？　いちごは高《たか》いよ」

「自分《じぶん》はメロンがいいです」

「予算《よさん》オーバー！　東京《とうきょう》にちくちく言《い》われるよ」

「ちぇ〜。群馬《ぐんま》のケチィ」

三人《さんにん》のやりとりを眺《なが》めてホッコリしてたら、栃木君《とちぎくん》がクルッとこっちをふり向《む》いた。

「ほずちゃんは、なに食《た》べたいー？」

「私《わたし》ですか？　ええと……、なんでもありがたいです。苦手《にがて》なものもないし」

考《かんが》えてみたら、自分一人《じぶんひとり》で作《つく》って、自分一人《じぶんひとり》で食《た》べる生活《せいかつ》だったから、みんなでごはんなんて久《ひさ》しぶりだ。

「なら、いっぺんに八人分《はちにんぶん》を作《つく》れるカンタンなもの――。焼《や》きそばはいかがでしょう？」

茨城君《いばらきくん》の提案《ていあん》に、双子《ふたご》も私《わたし》も大《おお》きくうなずく。

北関東《きたかんとう》トリオは、兄弟《きょうだい》みたいに仲良《なかよ》しなんだ。

東京君《とうきょうくん》が「関東《かんとう》メンバーは恋愛《れんあい》マンガ向《む》きじゃない」って言《い》ってたのは、「家族《かぞく》みたいで、ときめきは発生《はっせい》しなさそう」って意味《いみ》？

でもほのぼの恋愛《れんあい》マンガの参考《さんこう》にはなりそうだよね。

このコたちとなら、うまくやっていけそうな気《き》がして、なんだかホッとしちゃった。


――と思《おも》いきや。

郵 便 は が き

お手数ですが
切手をおはり
ください。

104-0031

東京都中央区京橋1-3-1
八重洲口大栄ビル7階

スターツ出版（株）書籍編集部
愛読者アンケート係

お名前《ふりがな》 電話 （ ）

ご住所 （〒 - ）

学年（ 年） 年齢（ 歳） 性別（ ）

この本（はがきの入っていた本）のタイトルを教えてください。

今後、新しい本などのご案内やアンケートのお願いをお送りしてもいいですか？
1．はい 2．いいえ

いただいたご意見やイラストを、本の帯または新聞・雑誌・インターネットなどの広告で紹介してもいいですか？
1．はい 2．ペンネーム（ ）ならOK 3．いいえ

お客様の情報を統計調査データとして使用するために利用させていただきます。また頂いた個人情報に弊社からのお知らせをお送りさせて頂く場合があります。
個人情報保護管理責任者：スターツ出版株式会社 出版マーケティンググループ 部長 連絡先：TEL 03-6202-0311

「野いちごジュニア文庫」愛読者カード

「野いちごジュニア文庫」の本をお買い上げいただき、ありがとうございました！
今後の作品づくりの参考にさせていただきますので、下の質問にお答えください。
（当てはまるものがあれば、いくつでも選んでOKです）

♥この本を知ったきっかけはなんですか？
1. 書店で見て　2. 人におすすめされて（友だち・親・その他）　3. ホームページ
4. 図書館で見て　5. LINE　6. Twitter　7. YouTube
8. その他（　　　　　　　　　　）

♥この本を選んだ理由を教えてください。
1. 表紙が気に入って　2. タイトルが気に入って　3. あらすじがおもしろそうだった
4. 好きな作家だから　5. 人におすすめされて　6. 特典が欲しかったから
7. その他（　　　　　　　　　　）

♥スマホを持っていますか？　1. はい　2. いいえ

♥本やまんがは1日のなかでいつ読みますか？
1. 朝読の時間　2. 学校の休み時間　3. 放課後や通学時間
4. 夜寝る前　5. 休日

♥最近おもしろかった本、まんが、テレビ番組、映画、ゲームを教えてください。

♥本についていたらうれしい特典があれば、教えてください。

♥最近、自分のまわりの友だちのなかで流行っているものを教えてね。
服のブランド、文房具など、なんでもOK！

♥学校生活の中で、興味関心のあること、悩み事があれば教えてください。

♥選んだ本の感想を教えてね。イラストもOKです！

ご協力、ありがとうございました！

彼《かれ》らは手当《てあ》たりしだい、自分《じぶん》の県《けん》の特産品《とくさんひん》をカゴに入《い》れだした。

焼《や》きそばに決《き》まったのに、じゃがいも、牛乳《ぎゅうにゅう》、こんにゃくに納豆《なっとう》！

さすがにストップをかけたら、「でも、ウチの特産品《とくさんひん》は、とてもおいしいので！」って、ぜんぜん聞《き》いてくれない。

ついには、自分《じぶん》の特産品《とくさんひん》だけは買《か》おうと、ギリギリギリ、カゴを奪《うば》い合《あ》うしまつ。

私《わたし》がときめき特訓《とっくん》のかわりに約束《やくそく》した、「四十七人《よんじゅうしちにん》を仲良《なかよ》くさせる」って話《はなし》、この調子《ちょうし》のメンバーを、全員《ぜんいん》まとめあげなきゃいけないの？

東京君《とうきょうくん》、それはちょっとムリそうじゃないですかね……っ。

そのうちお客《きゃく》さんは集《あつ》まってくるし、店員《てんいん》さんがあわてて駆《か》けよってくるし。

もう、初対面《しょたいめん》のイケメン男子《だんし》ってより、どうしようもない弟《おとうと》たちに見《み》えてきたよっ。

私《わたし》はカゴをぶんどり、彼《かれ》らをギッとにらみつけた。

「わかりましたっ。メニューは私《わたし》が考《かんが》えます！　だから、おとなしくしててください！」

「じゃあ全員《ぜんいん》そろったところで、」

テーブルのまん中《なか》から、東京君《とうきょうくん》がパンッと手《て》を合《あ》わせる。

男子《だんし》たちがそれに続《つづ》き、私《わたし》もあわてて背《せ》すじを伸《の》ばし、両手《りょうて》を合《あ》わせた。

「いただきます！」

チャラめなお兄《にい》さん、もとい神奈川君《かながわくん》が、にこにことテーブルのおなべをのぞきこむ。

「すごいじゃん、七時《しちじ》ぴったりに支度《したく》ができてるなんて、寮《りょう》が始《はじ》まって以来《いらい》じゃね？」

「ほずみのおかげだ」

コップをならべてくれた東京君《とうきょうくん》も、どこか満足《まんぞく》げだ。

「さーてみんな、カレーはぼくがよそってあげるね♡」

栃木君《とちぎくん》が立《た》ちあがって、カレーをお玉《たま》でぐるぐるかきまぜる。

まずは千葉君《ちばくん》が自分《じぶん》のお皿《さら》を渡《わた》した。

「これ、なにカレーなんだ？」

「ほずみさんのすばらしい発案《はつあん》です」

「ほずみから紹介《しょうかい》しなよ」

茨城君《いばらきくん》と群馬君《ぐんまくん》にうながされて、私《わたし》はギクシャクうなずいた。

みんなの期待《きたい》に満《み》ちた視線《しせん》が集《あつ》まってくる。

「……ご当地闇《とうちやみ》カレーです」


「やみ」

東京君《とうきょうくん》がつぶやく。みんなの視線《しせん》が巨大《きょだい》なおなべに移《うつ》る。

「スーパーで、どの食材《しょくざい》を買《か》うかケンカになりまして……。カレーなら、とりあえず煮《に》
こんじゃえば、なんとかなるかなって」

私《わたし》の申《もう》し訳《わけ》ない気持《きも》ちの解説《かいせつ》に、みんな、ゴクリとのどを鳴《な》らした。

「ってことは、中《なか》に、北関東《きたかんとう》の特産品《とくさんひん》が入《はい》ってるのか……？」

「まさか納豆《なっとう》とか入《はい》ってない？　オレ、納豆《なっとう》ダメなんだけど」

東京君《とうきょうくん》と神奈川君《かながわくん》が、出《だ》しかけてたお皿《さら》を引《ひ》っこめる。

「ハーイ、全員《ぜんいん》、往生《おうじょう》ぎわよくお皿《さら》出《だ》して♡　よそった分《ぶん》は、**完食《かんしょく》が義務《ぎむ》**だからねぇ」

栃木君《とちぎくん》はめちゃくちゃ楽《たの》しそう。

みんなの瞳《ひとみ》から、スゥ……ッと光《ひかり》が消《き》えていく。

そして大盛《おおも》りライスに、たっぷりと大盛《おおも》りでカレーがかけられる。

「——なんだこれ？　噛《か》めば噛《か》むほど、しょうゆっぽい和風《わふう》の味《あじ》が」

東京君《とうきょうくん》は首《くび》をひねって考《かんが》えこむ。

「きっと栃木《ぼく》んとこの、かんぴょうの甘辛煮《あまからに》だねっ。おいしーでしょ♡」

「……うん？　う……ん。つけあわせの漬物《つけもの》と思《おも》えば、意外《いがい》とイケるかも……？」

私《わたし》のところも、これはなんだろ？

もっちもっちしてて、ほのかにあまい。

「あっ。わかった、干《ほ》しイモだ！」

たしか、茨城君《いばらきくん》がなべに入《い》れてたよねっ。

「いかがですか？」

茨城君《いばらきくん》はスプーンを口《くち》に運《はこ》ぶ手《て》を止《と》めて、私《わたし》の反応《はんのう》を待《ま》つ。

「おいしいです」

「ほんとけ？　よかった」

ぽろりと方言《ほうげん》が出《で》た彼《かれ》は、ちょっと照《て》れ笑《わら》い。

あ、笑《わら》うとかわいいかんじになるんだ、なんて、私《わたし》はジッと見《み》つめちゃった。

「なんか、プルプルしたのが入《はい》ってんぞ」

今度《こんど》は千葉君《ちばくん》が眉《まゆ》をひそめる。

「群馬《ボク》んとこの、玉こんにゃくでしょ。当たりでーす。おめでとー」

「ハァ？　カレーにこんにゃくって、マジかよ」

千葉君《ちばくん》はとつぜんの食感《しょっかん》に、苦虫《にがむし》を噛《か》みつぶしたような顔《かお》。

心配《しんぱい》してた納豆《なっとう》は、意外《いがい》とふつうの豆《まめ》カレーっぽくて、アリかもしれない。

大当《おおあ》たりの常陸牛《ひたちぎゅう》（茨城特産《いばらきとくさん》）のかたまり肉《にく》が出《で》てきてからは、みんな真剣《しんけん》になべ底《ぞこ》をかきまわして、肉《にく》をさがし始《はじ》めた。

埼玉君《さいたまくん》は一人静《ひとりしず》かに、幅三《はばさん》センチ近《ちか》くありそうな、平《ひら》たいうどんをズズッと食《た》べてる。

あれは群馬《ぐんま》のひもかわうどんだ。

「あ。カレーうどんになってる……」

思《おも》わずつぶやいたら、埼玉君《さいたまくん》の口《くち》もとがゆるんで、プッと笑《わら》った。

「そうなんよ。でもおいしいよ」

彼《かれ》がしゃべった声《こえ》、初《はじ》めて聞《き》いたっ。

ちょっと低《ひく》めの、まったり優《やさ》しい声《こえ》だった。

「闇《やみ》カレーなんて、初《はじ》めて食《た》べるよな」

私《わたし》のとなりで、東京君《とうきょうくん》が笑《わら》いだした。

つられたみんなも笑《わら》い始《はじ》めて。

絶対《ぜったい》に食《た》べきれないと思《おも》った量《りょう》のカレーは、なんと、三十分《さんじゅっぷん》もたたずに完食《かんしょく》！

カラっぽのおなべをのぞきこんで、私《わたし》と北関東《きたかんとう》トリオは「やったぁ！」ってハイタッチ。

めちゃくちゃな具材《ぐざい》のカレーライスなのに、一人《ひとり》で食《た》べたオムライスより、なぜだか、ずっとおいしかった。


北関東三人《きたかんとうさんにん》と後片《あとかた》づけをしてたら、東京君《とうきょうくん》が「できた」と、テーブルから顔《かお》を上《あ》げた。

見《み》せてくれたのは、「ほずみ」の名前《なまえ》が加《くわ》わった、掃除《そうじ》の当番表《とうばんひょう》だ。

「こっちの当番《とうばん》も、明日《あした》からヨロシクな」

「うん、了解《りょうかい》です」

ジワジワと、ここで生活《せいかつ》するんだなぁっていう実感《じっかん》がわいてくる。

「――ありがとな、ほずみ」

「はい？」

「俺《おれ》たちが全員《ぜんいん》で笑《わら》ったのなんて、今日《きょう》が初《はじ》めてだ。もちろん、まだ『約束《やくそく》』達成《たっせい》じゃないけど。……でも、なんとかなるかもしれないって希望《きぼう》が持《も》てた。ほずみのおかげだ。だから、ありがとう」

ふり向《む》いた彼《かれ》に、まっすぐ目《め》を見《み》つめて言《い》われた。

東京君《とうきょうくん》の瞳《ひとみ》は、大都会《だいとかい》の夜景《やけい》みたいに、いろんな色《いろ》の光《ひかり》がキラキラして見《み》える。

私《わたし》はテーブルをふく体勢《たいせい》のまま、動《うご》きがギシッと止《と》まっちゃった。

「ちょっと東京《とうきょう》ォ。ボクらが当番中《とうばんちゅう》なのに、ぬけ駆《が》けでイケメンアピールは、ズルだぞ」

「そーだそーだ。ぼくたちだって、こんな楽《たの》しいのは、人間《にんげん》になってから初《はじ》めてだったんだからねっ」

群馬君《ぐんまくん》と栃木君《とちぎくん》が、ふきんを手《て》に抗議《こうぎ》する。

「イケメンアピール？　ほずみはそんなの、ぜんっぜん効《き》かねーから」

肩《かた》をすくめる東京君《とうきょうくん》に、私《わたし》は脳《のう》みそが再起動《さいきどう》した。

「ちょ、ちょちょちょ、東京君《とうきょうくん》っ。今《いま》の笑顔《えがお》、**ぶちぬき三段《さんだん》の大《おお》ゴマレベルでした！**

スケッチブックを取《と》ってくるんでっ。もう一回《いっかい》お願《ねが》いします！」

「やだね」

舌《した》を出《だ》されて、私《わたし》は絶望《ぜつぼう》する。

東京君《とうきょうくん》は文房具《ぶんぼうぐ》をペンケースにしまい、もう自分《じぶん》の部屋《へや》に引《ひ》きあげるつもりらしい。

外野《がいや》の北関東《きたかんとう》トリオは「ほんとに効《き》いてない……っ？」と、目《め》を丸《まる》くする。

ん？　効《き》いてないって、なにが？

「さて。片《かた》づけは完了《かんりょう》です」

茨城君《いばらきくん》がエプロンをはずし始《はじ》めた。

もう当番《とうばん》が終《お》わりなら、私《わたし》も抜《ぬ》けてオッケーかなっ？

すぐ部屋《へや》にもどって、今《いま》の笑顔《えがお》を忘《わす》れないうちに描《か》き起《お》こさなきゃっ。

「じゃあ、おつかれサマでした～っ」

私《わたし》はワクワクと、階段《かいだん》に向《む》かう。

——ちがう、向《む》かおうとした。


がしっ。


私《わたし》の手首《てくび》を、肩《かた》を、腕《うで》をつかんだトリオは、にっこり笑《わら》っている。

「ほずちゃん♡　当番《とうばん》を手伝《てつだ》ってくれたお礼《れい》にぃ、」

「今夜《こんや》はボクらが、ときめき特訓《とっくん》してあ・げ・る」

「以下同文《いかどうぶん》です」

鼻先《はなさき》に近《ちか》づいてきた三人《さんにん》の輝《かがや》くような顔《かお》に、私《わたし》は「ひぇ……っ？」と身《み》をすくめた。


「――それでは、『北関東《きたかんとう》・ときめきデートスポット』クイズ、第三問《だいさんもん》です」

「はいっ」

茨城君《いばらきくん》がスケッチブックに書《か》いた問題《もんだい》を、私《わたし》に向《む》ける。

二問続《にもんつづ》けて不正解《ふせいかい》だった私《わたし》は、今度《こんど》こそと身《み》がまえた。

「栃木県《とちぎけん》にも群馬県《ぐんまけん》にもない、しかし茨城県《いばらきけん》にだけあるデートスポットといえば？」

「え、ええっ？」

山《やま》は、三県《さんけん》みんなにあるよね。なら、キャンプ場《じょう》とかではない。

ええと～っと、私《わたし》は必死《ひっし》に地理《ちり》の教科書《きょうかしょ》を思《おも》い出《だ》そうとする。

「はい、タイムアップ。答《こた》えは『海《うみ》』です」

「あっ、海《うみ》か！　そうだ、茨城県《いばらきけん》って、太平洋《たいへいよう》がわでしたもんね」

私《わたし》はぱんっと手《て》を打《う》つ。

「そのとおり。栃木《とちぎ》・群馬《ぐんま》は『海《うみ》なし県《けん》』ですが、茨城《いばらき》の東《ひがし》サイドは、ず～～っと海岸《かいがん》。茨城《いばらき》でのデートは、アクティブに海水浴《かいすいよく》、知的《ちてき》に筑波宇宙《つくばうちゅう》センターや納豆工場《なっとうこうじょう》の見学《けんがく》まで、あらゆるジャンルで楽《たの》しめます。茨城《いばらき》でデートすれば、ときめき待《ま》ったなしでしょう」

満足《まんぞく》げな茨城君《いばらきくん》に、双子《ふたご》がブーッと口《くち》をとがらせた。

「そんなこと言《い》うなら、群馬《ボク》らのとこには、超有名《ちょうゆうめい》な温泉《おんせん》があるからね」

「そーだよっ。栃木《ぼく》の鬼怒川温泉《きぬがわおんせん》も、群馬《ぐんま》の草津温泉《くさつおんせん》も有名《ゆうめい》だもんっ。今《いま》は映《ば》えるスイーツだっていっぱいだよ〜っ。とちおとめのケーキ缶《かん》なんて、ときめきまちがいなし！」

三人《さんにん》の話《はなし》に、私《わたし》はアッと思《おも》いついた。

「茨城《いばらき》で遊《あそ》んだ後《あと》、栃木《とちぎ》と群馬《ぐんま》に移動《いどう》して、温泉《おんせん》とスイーツでまったり〜なんて、最高《さいこう》のときめきコースですね！」

「「「それいいね」」」

声《こえ》をそろえたトリオに、私《わたし》も大《おお》きくうなずく。

ときめき恋愛特訓《れんあいとっくん》ってより、ときめき観光《かんこう》クイズ大会《たいかい》だけど、三人《さんにん》ときゃっきゃするの、楽《たの》しいかもしれない。

「ほずちゃん。今度《こんど》、ぼくらと北関東《きたかんとう》デートしに行《い》こうねー」

「あっ、はい」

「やったー！　ほずちゃん大好《だいす》きぃ♡」

栃木《とちぎ》くんが首《くび》に飛《と》びついてきて、ギューッとほっぺたを押《お》しつけてくる。

「……いつの間《ま》にか、スゴいなつかれてるな」

そしてお風呂《ふろ》に来《き》た東京君《とうきょうくん》は、目《め》を丸《まる》くして、リビングを通《とお》りすぎて行《い》ったのでした。

❺千葉君《ちばくん》vs《バーサス》・神奈川君《かながわくん》①

「関東寮《かんとうりょう》」の私《わたし》の部屋《へや》は、一軒家《いっけんや》の三階《さんかい》。

屋根《やね》の真下《ました》の、天井《てんじょう》がななめになってる部屋《へや》だ。

こぢんまりしてるけど、秘密基地《ひみつきち》みたいで、すっかりお気《き》に入《い》りになっちゃった。

出窓《でまど》の下《した》には大《おお》きなデスクがあって、まるでマンガを描《か》くために作《つく》られた書斎《しょさい》みたいだ。

関東男子《かんとうだんし》と暮《く》らし始《はじ》めて、三日目《みっかめ》。

ここしばらく、ベッドにたおれたとたん、気《き》づいたら朝《あさ》——っていう生活《せいかつ》だった。

ずっと一人《ひとり》だったのに、学校《がっこう》もプライベートでも、いきなりきらきら男子《だんし》たちとの共同生活《きょうどうせいかつ》になって、神経《しんけい》が疲《つか》れてたのかもしれない。

「だけど、今日《きょう》は土曜《どよう》！　今日《きょう》こそは、マンガに打《う》ちこむぞぉっ」

と、腕《うで》まくりした瞬間《しゅんかん》。

「おはよ、ほずみ。起《お》きてたら、朝《あさ》ごはん食《く》っちまうか？」

ドアをノックする音《おと》と、東京君《とうきょうくん》の声《こえ》が響《ひび》いた。

「あっ、はい！　ありがとうございますっ」

共同生活《きょうどうせいかつ》は、自分《じぶん》のペースばっかりじゃいられない。

私《わたし》は腕《うで》まくりしたそでを、すすすっと元《もと》にもどした。


今日《きょう》の朝《あさ》ごはん当番《とうばん》は、栃木君《とちぎくん》と群馬君《ぐんまくん》。

……のはずが、寝坊《ねぼう》して出《で》てこないので、東京君《とうきょうくん》がバトンタッチしてあげたそうだ。

「優《やさ》しいですね」ってねぎらったら、「俺《おれ》の掃除当番《そうじとうばん》をかわらせるから、むしろラッキーだ」って。さすが東京君《とうきょうくん》、抜《ぬ》け目《め》ない。

彼《かれ》はトーストに、目玉焼《めだまや》きとサラダをそえて、コーンスープまで作《つく》ってくれた。

茨城君《いばらきくん》もまだ熟睡中《じゅくすいちゅう》みたいで、広《ひろ》いテーブルは、東京君《とうきょうくん》と私《わたし》、そして南関東《みなみかんとう》の三人《さんにん》だけ。

集《あつ》まったメンバーで手《て》を合《あ》わせ、「いただきます」のあいさつをする。

南関東三人《みなみかんとうさんにん》は、起《お》きぬけの様子《ようす》がおもしろいくらいにバラバラだ。

気《け》だるげながら、広告《こうこく》のポスターみたいなオシャレな空気《くうき》をかもしだしてる、神奈川君《かながわくん》。

イスの背《せ》にもたれかかり、ダルそうに脚《あし》を組《く》んでる千葉君《ちばくん》。

そして、あいかわらずまったく表情《ひょうじょう》が見《み》えない、うつらうつら船《ふね》をこいでる埼玉君《さいたまくん》。

私《わたし》は、彼《かれ》らをマンガに出《だ》すなら、どんな話《はなし》になるかな〜と考《かんが》えながら、スープを飲《の》む。

と、千葉君《ちばくん》とバチッと視線《しせん》がぶつかっちゃった。

真《ま》っ赤《か》な髪《かみ》に、鋭《するど》い目《め》つき。制服《せいふく》の着方《きかた》もダルダルでヤンキーっぽい。

千葉《ちば》の木更津《きさらづ》が、ヤンキーマンガの舞台《ぶたい》になってたなーって思《おも》い出《だ》して、デザインに取《と》りいれたんだけどさ。

ピーナッツとしょうゆが特産《とくさん》だから、ピーナッツ色《いろ》の髪《かみ》の、あっさりした顔立《かおだ》ちの〝しょうゆ顔《がお》〟の好青年《こうせいねん》とかにしとけばよかった……？

私《わたし》はリアル男子《だんし》になった彼《かれ》の迫力《はくりょく》に恐《おそ》れをなして、まだまともに関《かか》わったことがない。

「ほずみ。『ときめき特訓《とっくん》』の調子《ちょうし》はどうなんだ？　北関東《きたかんとう》と仲《なか》いいみてぇだけど」

ワッ。は、話《はな》しかけられたっ。

「あ、ええとっ、仲良《なかよ》くしてもらってるんですけど、ときめきというよりは、ほっこりで」

特訓《とっくん》が進《すす》んでいるかといえば、そんな気《き》はしない。

「ふ〜ん……？　じゃあ、あいつらがいないうちがいいな」

「な、なにがです？」

ボソッとつぶやいた彼《かれ》は、テーブルごしに身《み》を乗《の》り出《だ》してきた。

「その特訓《とっくん》、おれもしてやるよ。千葉《ちば》にはデートスポットなんて山《やま》ほどあるしな。〝最強《さいきょう》レジャースポット県《けん》〟って言《い》っていいくらい」

「え？」

「**今日《きょう》、おれとデートしようぜ**って誘《さそ》ってんだよ」

ギロリと見下《みお》ろされて、私《わたし》はスープをひっくり返《かえ》しそうになった。

千葉君《ちばくん》と、デート⁉

東京君《とうきょうくん》がちらりと私《わたし》を見《み》て、コーヒーをすする。

彼《かれ》がなにか言《い》おうと口《くち》を開《ひら》きかけたとたん、神奈川君《かながわくん》がフンッと鼻《はな》を鳴《な》らした。

「ハア〜？　女子《じょし》をトキめかせるデートなら、神奈川《オレ》のとこに決まってるでしょ。みなとみらいで流行最先端《りゅうこうさいせんたん》のショッピングに、町《まち》を横断《おうだん》するロープウェイ。大人《おとな》デートがしたければ、鎌倉《かまくら》まで出《で》ちゃえば、寺社仏閣《じしゃぶっかく》に、流行《はや》りのカフェもそろってるんだよね」

とうとうと語《かた》る神奈川君《かながわくん》を、千葉君《ちばくん》のほうもハッと笑《わら》い飛《と》ばした。

「港町《みなとまち》だから最先端《さいせんたん》？　笑《わら》えんだけど。千葉《おれ》の成田空港《なりたくうこう》なんて、年間約十二億人《ねんかんやくじゅうにおくにん》が利用《りよう》する『日本《にほん》の玄関《げんかん》』なんだわ。神奈川《かながわ》こそ都会《とかい》ヅラして、実《じつ》はほぼ山《やま》じゃねぇか」

「なにか問題《もんだい》が？　箱根《はこね》に出《で》れば温泉《おんせん》、アウトドアが好《す》きならキャンプもできるし、海《うみ》デートだってできるけど？　やっぱりデートするなら、神奈川《かながわ》で決《き》まりじゃん？」

あわわ……っ。ご当地《とうち》ジマン大会《たいかい》、ならぬ、小競《こぜ》り合《あ》いが始《はじ》まっちゃった。

そしてさすがの両者《りょうしゃ》、海《うみ》ぞい県《けん》。

潮風由来《しおかぜゆらい》のしょっぱい風当《かぜあた》りが、おたがいに強《つよ》い……！

「仲良《なかよ》しにさせる」使命《しめい》はあるものの、私《わたし》にはどう止《と》めればいいのか、サッパリだ。

オタオタしてたら、東京君《とうきょうくん》がジャムのカゴをすべらせてきた。

「とりあえずほっとけ。止《と》めてたら、パンが冷《さ》める。……で、千葉《ちば》と特訓《とっくん》に行《い》くのか？」

「やっ、その、二人《ふたり》きりでデートは、ハードルが高《たか》すぎると言《い》いますか……っ」

「だよな。ま、低《ひく》いハードルから、少《すこ》しずつクリアしていけばいいんじゃないか？」

私《わたし》はうなずいて、カゴをのぞきこむ。中《なか》はすごくカラフルだ。

栃木特産《とちぎとくさん》のいちご、東京《とうきょう》のビル街《がい》で作《つく》られたハチミツ、千葉《ちば》のビワのジャムまで。

おばさんちでお世話《せわ》になってたあいだは、なんとなく遠慮《えんりょ》して、ジャムなんて買《か》わなかった。

こうやって好《す》きな味《あじ》を毎朝《まいあさ》選《え》べるなんて、ゼータクだなぁ。

今日《きょう》はハチミツをたっぷりかけて、大《おお》きな一口《ひとくち》。

「ほずみって、うれしそうに食《く》うよな」

「そうですか？」

ほっぺたをふくらませてモグモグする私《わたし》に、東京君《とうきょうくん》がコーヒーを飲《の》みつつ眉《まゆ》を上《あ》げる。

中学生《ちゅうがくせい》なのに、もうブラックコーヒーなんて飲《の》める人《ひと》がいるんだぁ……。

いや、でも彼《かれ》らは擬人化男子《ぎじんかだんし》だから、見《み》た目《め》どおりの年齢《ねんれい》じゃないのかもしれない。

静《しず》かにコーヒーカップを手《て》にする横顔《よこがお》は、まるで一枚《いちまい》の絵《え》みたいだ。

心《こころ》の中《なか》で模写《もしゃ》しようと、カップにつけた口《くち》のあたりを凝視《ぎょうし》してたら、無意識《むいしき》に近《ちか》づきすぎちゃったみたい。

東京君《とうきょうくん》は目《め》をすわらせて、私《わたし》のおでこをぐぐっと遠《とお》ざけてくる。

私《わたし》も、せっかくの視界《しかい》をジャマする東京君《とうきょうくん》の腕《うで》を、両手《りょうて》でつかんでどけようとする。

だんっ。

「いちゃいちゃして、おれたちを無視《むし》してんじゃねーよ」

向《む》かいの席《せき》で、千葉君《ちばくん》がテーブルに手《て》をついた。

「『いちゃいちゃ』」

私《わたし》はきょとんとし、東京君《とうきょうくん》はパッと手《て》を引《ひ》っこめる。

「今日《きょう》のほずみは、千葉《おれ》と、」

「神奈川《オレ》と、」

「『デートプラン対決《たいけつ》だ！』」

声《こえ》をそろえた二人《ふたり》に、私《わたし》は口《くち》に運《はこ》びかけたパンを、お皿《さら》に落《お》っことした。


デート？ 私《わたし》があの人《ひと》たちと、**デート？** 私《わたし》が？

自分《じぶん》の部屋《へや》に荷物《にもつ》を取《と》りにもどった私《わたし》は、全身《ぜんしん》ガクブルしてる。

いやいやいやいやいや、ムリでしょっ。

千葉君《ちばくん》と二人《ふたり》でもハードル高《たか》すぎなのに、さらに一人追加《ひとりついか》って、ありえないよ！

でも五分後《ごふんご》にリビングで集合《しゅうごう》だって、（勝手《かって》に）話《はなし》はまとまっちゃったんだ。

「き、着《き》がえる？」

クロゼットを開《あ》けてみる。

制服《せいふく》と、カーディガンと、変《へん》なガラのT《ティー》シャツと、部屋着《へやぎ》しかない！

「ひええ、どうしよ!?」

髪《かみ》をヘアピンでとめて、せめて清潔感《せいけつかん》だけは心《こころ》がける。

デートなんて、マンガには何百回《なんびゃっかい》と描《か》いてきたけど、自分《じぶん》に起《お》こるはずのないイベントだと思《おも》ってた。

「だから、他人事《ひとごと》じゃダメなんだってば！」

これは特訓《とっくん》だ。ときめきの大《だい》チャンスにちがいないのに、行《い》かない手《て》はないっ。

私《わたし》は自分《じぶん》に言《い》い聞《き》かせ、あらためてクロゼットに首《くび》をつっこんだ。

「じゃあ、行《い》ってくる」

「夕飯《ゆうはん》までには帰《かえ》るね」

千葉君《ちばくん》と神奈川君《かながわくん》は、準備《じゅんび》バンゼンで待《ま》っていてくれた。

千葉君《ちばくん》は、ゆるめのジーンズにT《ティー》シャツ、ボディバッグのラフな格好《かっこう》。

髪《かみ》を耳《みみ》にかけてるから、ピアスがたくさんばちばちなのが見《み》えて、大迫力《だいはくりょく》だ……っ。

そして神奈川君《かながわくん》は仕立《した》てのいいシャツに、長《なが》い脚《あし》がきわだつスキニーパンツ。

私《わたし》は結局《けっきょく》、なんにも着《き》て行《い》ける服《ふく》がなくて、学校《がっこう》の制服《せいふく》だ。

「い、行《い》ってきます」

決死《けっし》のカクゴでリュックを背負《せお》い、玄関《げんかん》のドアをくぐった。

東京君《とうきょうくん》はどことなく心配《しんぱい》そうに、私《わたし》たちを見送《みおく》ってくれる。

「**デ、デデデート**っていうのは、どちらへ？」

「ジャンケンで決《き》めた。まずはおれ、千葉《ちば》のデートからな」

「午後《ごご》は、神奈川《オレ》のとこでデートってことで」

とてもデートに行《い》くとは思《おも》えない、鋭《するど》い目《め》で見下《みお》ろしてくる千葉君《ちばくん》と、瞳《ひとみ》を細《ほそ》めるだけで笑《わら》ってみせる、腹《はら》の読《よ》めない神奈川君《かながわくん》。

きょ、今日一日《きょういちにち》、私《わたし》、大丈夫《だいじょうぶ》かなぁ……っ。

「あああの、でもっ。一日《いちにち》で神奈川《かながわ》と千葉《ちば》を横断《おうだん》するのは、けっこう大変《たいへん》ですよね？　アクアラインで東京湾《とうきょうわん》を渡《わた》れば近《ちか》いけど、車《くるま》の運転《うんてん》ができなきゃムリですし……」

「フェリーでも横断《おうだん》できるけどな。こっちのが早《はや》い。**手《て》ぇ出《だ》せ**」

「手《て》？」

千葉君《ちばくん》に手《て》のひらを出《だ》され、私《わたし》はおっかなびっくり、彼《かれ》のほうへ手《て》を差《さ》し出《だ》す。

ワシッとつかまれたと思《おも》ったとたん、反対《はんたい》のほうの手《て》まで、神奈川君《かながわくん》につかまれた。

二人《ふたり》にはさまれて、三人仲良《さんにんなかよ》くお手々《てて》をつないだ、ら。

視界《しかい》が、グニャリとゆがんだ。

「着《つ》いたぜ」

ハッと目《め》を瞬《またた》かせると、

　　ズンズンズンズンズン♪　ズンズンズンズンズン♪

陽気《ようき》なパレード音楽《おんがく》が響《ひび》く、公園《こうえん》？

黒《くろ》ネズミの耳《みみ》のカチューシャをつけた人《ひと》たちが、ステージのキャラクターたちと、全《ぜん》力《りょく》でノリノリのダンスをおどってる。

「こ、ここはどこ……っ？」

「〝チーバくん〟のベロあたり。デートって言《い》ったら、ここだろ。有名《ゆうめい》テーマパーク、**東**《とう》**京**《きょう》**ディ●ニーリゾート**だ」

チーバくんは、千葉県《ちばけん》のご当地《とうち》キャラ。真《ま》っ赤《か》な犬《いぬ》に似《に》た、ふしぎな生《い》き物《もの》だ。千《ち》葉県《ばけん》の形《かたち》が、横向《よこむ》きの犬《いぬ》みたいなんだよな。チーバくんの腹《はら》あたりが、ヤンキーファッションの聖地《せいち》・木更津《きさらづ》だぜ。

「ウソォ!?」

私《わたし》はすとんっと腰《こし》がぬけて、その場《ば》にしゃがみこんだ。

やっ、私《わたし》、小《ちい》さい時《とき》にパパとママと来たことあるけど、やっぱりそうだよね！

でも今《いま》さっき関東寮《かんとうりょう》の前《まえ》にいたのに、いつの間《ま》にディズ●ーリゾートにっ？

「**ワープした**!? そんなことが、マンガの世界《せかい》でもないのに、現実《げんじつ》に……っ？」

「おれたちはただの人間《にんげん》じゃないからな。**現在地《げんざいち》から自分《じぶん》の県内《けんない》へ**だったら、どこへでも跳《と》べる」

私《わたし》は、ぶっきらぼうに言《い》う千葉君《ちばくん》を見上《みあ》げ、まちがいなくリアルに存在《そんざい》するお客《きゃく》さん

たちとステージを見渡《みわた》し——、自分《じぶん》の手《て》を見《み》つめる。

今《いま》、千葉君《ちばくん》と手《て》をつないでたから、私《わたし》まで一緒《いっしょ》にワープできた……んだよね。

す、すごい。私《わたし》のラクガキから生《う》まれた人《ひと》たちだって、頭《あたま》ではわかってても、どこから見《み》てもちゃんと中学生男子《ちゅうがくせいだんし》だから、「人間《にんげん》じゃない」っていう実感《じっかん》がわいてなかったんだ。

でも、こんなコトができるなら、ほんとなんだ……。

「怖《こわ》くなっちゃった？」

となりにしゃがんだ神奈川君《かながわくん》が、ほおづえをつき、私《わたし》をのぞきこんでくる。

「あ、いえっ。ただビックリして」

「だよねー？　この体《からだ》は、ほずみちゃんが創《つく》ってくれたんだし」

「おい、なんで神奈川《かながわ》までついてきてんだよ。午前中《ごぜんちゅう》はおれのデートだって決《き》めただろ」

「東京《とうきょう》が『ほずみは恋愛初心者《れんあいしょしんしゃ》だから、二人《ふたり》きりにはなるな』って言《い》ってたじゃんか」

「あいつは今見《いまみ》てないんだから、どうでもいいだろ。おまえはどっか行ってろよ」

「ほずみちゃんは、脳《のう》みそカラカラ落花生《らっかせい》マンと二人《ふたり》きりなんて、ヤダよねー？」

「ほずみは、こんな都会《とかい》きどりのチャラ男《お》と二人《ふたり》のほうが、ヤダよなぁ？」

しゃがんだ二人《ふたり》に、両《りょう》サイドからつめよられてしまった。

私《わたし》は首《くび》がモゲるほど、超光速《ちょうこうそく》で左右《さゆう》を見《み》くらべる。

「えっ、あっ、うっ」

至近《しきん》キョリの、**顔面《がんめん》のデザインがいい！**　描《か》きとめたい!!

「つか、不良《ヤンキー》キャラにテーマパークは似合《にあ》わないんじゃない？　ほずみちゃんをエスコートなんて、おまえにはムリでしょ」

「アア？　なんつった？」

神奈川君《かながわくん》にプッと笑《わら》われて、千葉君《ちばくん》は彼《かれ》の胸《むね》ぐらをつかみよせる。

その剣幕《けんまく》に、楽《たの》しくおどってた人《ひと》たちがザワリとして、私《わたし》たちから距離《きょり》を取《と》りだした。

「わぁあっ！　こんなとこで、ケンカはダメですよっ」

止《と》めに入《はい》った私《わたし》に、千葉君《ちばくん》はフンッと鼻《はな》を鳴《な》らし、神奈川君《かながわくん》から顔《かお》を離《はな》した。

「なら、見《み》せてやるよ。おれの完璧《かんぺき》なデートをよ」

「いいか、てめぇら。この時間帯《じかんたい》は新《しん》エリア方面《ほうめん》が混雑《こんざつ》してる。おれたちはそのあいだに、空《す》いてる左方面《ひだりほうめん》から攻《せ》める。人気《にんき》アトラクションの時間指定《じかんしてい》パスは、すでに申《もう》しこんだ」

「は、はい」

「よし、おれについてこい！」

「はい！」

「暴走族《ぼうそうぞく》の総長《そうちょう》と、その舎弟《しゃてい》かっての」

「神奈川《かながわ》もビビってんじゃねぇぞっ。行《い》くぜ！」

気合《きあ》いを入《い》れて早歩《はやある》きする私《わたし》たちの後《あと》を、神奈川君《かながわくん》がため息《いき》まじりについてくる。

でも、千葉君《ちばくん》の「エスコート」は、ほんとに完璧《かんぺき》だ。

土曜日《どようび》の混雑《こんざつ》のなか、テンポよく次々《つぎつぎ》とアトラクションを攻略《こうりゃく》！

ショーを観《み》たり、シューティングゲームをしたり、小舟《こぶね》にゆられて童話《どうわ》の世界《せかい》を楽《たの》しんだり。

遊園地《ゆうえんち》なんて何年《なんねん》ぶりかで、すっごく楽《たの》しいんだけど……。

移動中《いどうちゅう》や、列《れつ》にならんでるあいだは、やっぱり三人《さんにん》でなにを話《はな》していいのかわかんなくて、気《き》まずくなっちゃう。

すると、次《つぎ》の目的地《もくてきち》に向《む》かってた千葉君《ちばくん》が、ふいに私《わたし》をふり向《む》いた。

「ほずみ、腹《はら》へらねぇか？　なんか食《く》うか」

「は、はいっ！」

「…………」

ビシッと背筋《せすじ》を伸《の》ばして返事《へんじ》する私《わたし》に、千葉君《ちばくん》はスウッと目《め》を細《ほそ》くした。

や、やばい。なんか怒《おこ》らせちゃったっ？

「ガウッ！」

いきなりオオカミみたいに吠《ほ》えられて、私《わたし》はヒッと身《み》をすくませる。

なのに、今度《こんど》はがしがし頭《あたま》をなでられた。なにがなんだか、私《わたし》はきょとんとする。

「……取《と》って食《く》ったりしねぇよ。デートに来《き》てんのに、おびえんなって」

今《いま》、腕《うで》に隠《かく》れてよく見《み》えなかったけど、千葉君《ちばくん》が眉《まゆ》を下《さ》げて笑《わら》ってた……？

「おい、千葉《ちば》。レディを怖《こわ》がらせんのはやめてくんない？」

「うっせーよ」

千葉君《ちばくん》は悪態《あくたい》をつきつつも、通《とお》りがかりのワゴンで、チュロスを買《か》ってきてくれた。

この人《ひと》ってもしかして、見《み》た目《め》どおりの怖《こわ》い人《ひと》じゃないのかも……？

ありがたくちょうだいしたピンク色《いろ》のチュロスが、今日《きょう》の青《あお》い空《そら》にめっちゃ映《ば》えてる。

私《わたし》は思《おも》わず、スマホで記念写真《きねんしゃしん》を撮《と》った。

うん。色《いろ》のコントラストもかわいいし、なかなかの構図《こうず》。

——あ、待《ま》てよ。この写真《しゃしん》、マンガの資料《しりょう》に使《つか》える？

そこまで考《かんが》えて、私《わたし》は息《いき》をのんだ。

もしかして、今日《きょう》の「デート」って、ときめき特訓《とっくん》だけにこだわらなくても、マンガの役《やく》に立《た》ちまくるんじゃないっ？

写真《しゃしん》はぜんぶ資料《しりょう》になるし、千葉君《ちばくん》も神奈川君《かながわくん》も、ヒーローキャラにいそうだし。

主人公《しゅじんこう》が、三角関係《さんかくかんけい》の男子二人《だんしふたり》と遊園地《ゆうえんち》デートする話《はなし》——とか、描《か》けそうじゃん！

マンガの舞台《ぶたい》の現地《げんち》リサーチと思《おも》ったら、急《きゅう》にワクワクしてきた。

神奈川君《かながわくん》が飲《の》みものを買《か》いにスタンドに並《なら》んでるあいだ、私《わたし》は千葉君《ちばくん》と、カチューシャやペンライトを売《う》ってるワゴンを眺《なが》めてた。

私《わたし》もちっちゃい時《とき》、光《ひか》るカチューシャを買《か》ってもらったなぁ。

もしもマンガの主人公《しゅじんこう》がデートに来《き》てたら、どれを選《えら》ぶだろ。

考《かんが》えながら、昔《むかし》のと同《おな》じようなリボンのカチューシャを手《て》に取《と》ったら、千葉君《ちばくん》がのぞきこんできた。

「それ買《か》うのか」

「いえっ、マンガの資料《しりょう》に眺《なが》めてただけです」

「ふぅん？　つけりゃいいのに」

「わ、私《わたし》は……。千葉君《ちばくん》こそどうですか？　あ、ほら、これとか」

指《ゆび》さしたのは、灰色《はいいろ》の毛《け》がふさふさの、犬耳《いぬみみ》カチューシャだ。

さっきの「ガウッ」ておどかしてきたの、オオカミっぽかったから。

「犬耳《いぬみみ》もあんのか。しかも垂《た》れ耳《みみ》じゃんか。**これください**」

彼《かれ》はまったく迷《まよ》いなく、カチューシャをレジのお兄《にい》さんに渡《わた》した。

しかも値札《ねふだ》を取《と》ってもらって、さっそく装着《そうちゃく》。

ヤンキーキャラのかわいすぎる絵《え》づらに、私《わたし》はあぜんだ。

「……なんだよ。おれ、犬《いぬ》が大好《だいす》きなんだよ。寮《りょう》じゃ犬飼《いぬか》えねぇし、いいだろ別《べつ》に」

「もっ、もちろんいいと思《おも》います！　似合《にあ》いますっ」

なんだかほんとに、大《おお》きなワンちゃんみたいに見《み》えてきた。つい今《いま》の今《いま》まで「ヤンキー怖《こわ》い……！」って震《ふる》えてた自分《じぶん》が、ウソみたいだ。

そして彼《かれ》は、自《みずか》らカチューシャをつけたくせに、ちょっぴり照《て》れくさそうに笑《わら》う。

「やっぱ一人《ひとり》でつけてんの変《へん》だから、ほずみもつけろ。おまえはこれ」

千葉君《ちばくん》は私《わたし》がさっき眺《なが》めてたリボンのを手《て》に取《と》る。

「えっ、えっ？」

考《かんが》えすぎかもしれないけど、私《わたし》がちょっとほしいなって思《おも》ってたのに気《き》づいて、先《さき》に自分《じぶん》がつけてみせて、自然《しぜん》に買《か》う流《なが》れを作《つく》ってくれた……とか？

思《おも》い返《かえ》してみたら、私《わたし》が気《き》まずいなぁって思《おも》ってるタイミングで、急《きゅう》にからかってきたり、オヤツをはさんでくれたりしてたかも。

もしかしてこの人《ひと》、すごい気《き》づかい屋《や》さんだったりする？

トーゼンだろ。千葉《ちば》には有名《ゆうめい》な犬吠埼灯台《いぬぼうさきとうだい》があるから、オレは視野《しや》が広《ひろ》いんだよ。

「神奈川《かながわ》も巻《ま》きこんでやろうぜ。あいつはどれかいいかな。ほずみ、どれか選《えら》べよ」

「私《わたし》が選《えら》んでいいんですかっ？　ええええと……っ？」

「ストップ。オレはつけないからね」

ギリギリでもどってきちゃった本人《ほんにん》に、後《うし》ろから肩《かた》に手《て》を置《お》かれた。

私《わたし》たちは視線《しせん》をかわし――、「バレちゃった」って、同時《どうじ》にぶはっと噴《ふ》き出《だ》した。

「おわあああああ！」

「きゃあああああ！」

「いえーい」

絶叫《ぜっきょう》する千葉君《ちばくん》と私《わたし》、後《うし》ろの席《せき》でふつうに楽《たの》しんでる神奈川君《かながわくん》。

私《わたし》、こんなに大《おお》きな声《こえ》を出《だ》したのは、何年《なんねん》ぶりだろ？

ここに来《き》たら乗《の》っておけっていうジェットコースターも、千葉君《ちばくん》が手配《てはい》してくれたパスのおかげで、ほとんど並《なら》ばずに楽《たの》しめちゃった。

マンガの資料用《しりょうよう》に写真《しゃしん》もたくさん撮《と》りながら、三人《さんにん》で園内《えんない》をそぞろ歩《ある》く。

そしたら、ちょうど犬《いぬ》キャラの着《き》ぐるみに出会《であ》えて、千葉君《ちばくん》は大興奮《だいこうふん》！

無邪気《むじゃき》なよろこびっぷりに、私《わたし》だけじゃなく、神奈川君《かながわくん》までつられて笑《わら》ってた。

こんな顔《かお》を見《み》ちゃうと、近《ちか》よりがたかった二人《ふたり》が、ふつうの友達《ともだち》みたいに思《おも》えてくる。

……なんだ、二人《ふたり》ともイイ人《ひと》じゃん。

今日中《きょうじゅう》にときめきを習得《しゅうとく》することだって、可能《かのう》かもしれない？

「さぁて。すっかりお昼《ひる》の時間《じかん》すぎちゃったな。いいかげん、オレの順番《ターン》でいいだろ？　ほずみちゃん、神奈川《かながわ》にランチ食《た》べに行《い》こー」

神奈川君《かながわくん》は飲《の》みかけのミネラルウォーターを、千葉君《ちばくん》に持《も》たせた。

彼《かれ》が私《わたし》の手《て》を取《と》るなり、アッと思《おも》う間《ま》もなく、また視界《しかい》が**ぐにゃり——！**

ゆがんでいく遊園地《ゆうえんち》の景色《けしき》の中《なか》で、千葉君《ちばくん》がペットボトルを手《て》に、あぜんとしてるのが見《み》えた。

あ、あれっ？

ワープする時《とき》って、手《て》をつないでないとダメなんじゃないっ？

千葉君《ちばくん》、手《て》がふさがって、私《わたし》をつかみそこねてる！

「神奈川君《かながわくん》っ。ストップです——っ！」

声《こえ》をあげた時《とき》には、目《め》の前《まえ》の景色《けしき》は、もう、街中《まちなか》の交差点《こうさてん》だった。

❻千葉君《ちばくん》vs《バーサス》・神奈川君《かながわくん》②

とつぜん出現《しゅつげん》した私《わたし》たちに、横断歩道《おうだんほどう》の人々《ひとびと》は、悲鳴《ひめい》を上《あ》げて腰《こし》をぬかす。

神奈川君《かながわくん》は「あ、やべ」って舌《した》を出《だ》し、私《わたし》の手《て》を引《ひ》っぱって、近《ちか》くの建物《たてもの》に駆《か》けこんだ。

横浜《よこはま》ワールドポーターズっていう、みなとみらいの、大型《おおがた》ショッピングビルだ。

私《わたし》はリボンカチューシャをはずしながら、まわりを見《み》まわす。

千葉君《ちばくん》の姿《すがた》がない。

やっぱり、ディズ●ーリゾートに置《お》いてけぼりにされちゃってる。

「**自分《じぶん》の県内《けんない》だったら、どこでも跳《と》べる**」ってことはだよ。

千葉君一人《ちばくんひとり》じゃ、神奈川県《かながわけん》にはワープできないんじゃない？

たぶんその県《けん》の男子《だんし》にどこかしらに触《ふ》れてないと、一緒《いっしょ》にワープはできないんだ。

「神奈川君《かながわくん》、いくらなんでも、千葉君《ちばくん》がかわいそうですよっ。迎《むか》えに行《い》きましょ？」

ひじを引《ひ》くも、神奈川君《かながわくん》は涼《すず》しい顔《かお》だ。

女性向《じょせいむ》けファッションフロアの店《みせ》を眺《なが》めながら、鼻歌《はなうた》まじりに歩《ある》いていく。

「もうムリなんだよね。オレは千葉《ちば》へは跳《と》べないから、さっきの場所《ばしょ》へはもどれない」

「あ、そっか……」

「あいつもあきらめて、勝手《かって》に寮《りょう》に帰《かえ》るって。ひとりぼっちで。アハハ」

一《ひと》つ屋根《やね》の下《した》で暮《く》らす仲間《なかま》のはずが、なんというシビアな人間関係《にんげんかんけい》。

そして私《わたし》も、千葉君《ちばくん》の無事《ぶじ》を祈《いの》っている場合《ばあい》じゃない。

このおしゃれシティボーイと、二人《ふたり》きりで、おしゃれショッピングビル！

とたんに「デート感《かん》」が強《つよ》まってきた。

特訓特訓特訓《とっくんとっくんとっくん》……っと心《こころ》の中《なか》でくり返《かえ》すけれど、ショーウィンドウに映《うつ》りこんだ自分《じぶん》たちのアンバランスさに、ギャッと身《み》が縮《ちぢ》んだ。

ムリだよ！　助《たす》けて千葉君《ちばくん》、東京君《とうきょうくん》っ。

「ところで、今《いま》さらだけどさ。ほずみちゃんは、なんで制服《せいふく》なの？」

「う。クロゼットに、デートに着《き》て行《い》けるような服《ふく》がなくてですね……」

「へー？　デートだから、いろいろ考《かんが》えてくれたんだ」

「い、いちおう、そういう『設定《せってい》』だって聞《き》いたから、ですよ!?」

いくらなんでも、東京君《とうきょうくん》とかわした約束《やくそく》の「ときめき特訓《とっくん》」以外《いがい》で、こんなまばゆい人《ひと》たちと個人的《こじんてき》にデートなんて、ありえないってわかってるから！

すると、神奈川君《かながわくん》はわざわざ身長差《しんちょうさ》のぶん身《み》をかがめて、にっこり笑《わら》う。

「ほずみちゃん、かーわい♡」

「ヒッ！」

私《わたし》は飛《と》びすさって、通《とお》りの反対側《はんたいがわ》のカベに背中《せなか》をぶつけた。

「ヒッて。今《いま》のはときめくトコでしょー？　オレが笑《わら》いかけて、キュンッとしなかった女子《じょし》って初《はじ》めてなんだけど。プライド傷《きず》つくなぁ」

神奈川君《かながわくん》はくちびるをとがらせる。

あっ。つまりこれが、ときめき特訓《とっくん》!?

どきっ♡とハートマークが飛《と》び出《だ》すより、ふつうに緊張《きんちょう》で心臓《しんぞう》のほうが飛《と》び出《だ》しそうだ。

「も、もうちょっとお手《て》やわらかなところから、お願《ねが》いできますでしょうか……っ」

「すごいお手《て》やわらかなんだけど。これでほんとに少女《しょうじょ》マンガ家《か》なの？」

神奈川君《かながわくん》はハハッと笑《わら》って、すぐそこのお店《みせ》に目《め》をやった。

「じゃあ特訓《とっくん》レベル1から。せっかくのデートなんだからさ。オレが、ほずみちゃんをコーディネートしてあげる。一緒《いっしょ》に洋服選《ようふくえら》ぼ？」

「わ、私《わたし》、服《ふく》を買《か》うほどのおこづかいは、持《も》ってきてないのですが」

「まぁまぁまぁ、お金《かね》のことは気《き》にしないでいーよ。オレらにはスポンサーがいるから」

彼《かれ》は、ためらう私《わたし》の背中《せなか》をぐいぐい押《お》して、お店《みせ》の中《なか》へ連《つ》れこんだ。


「ス、スポンサーって、いったいなに……!?」

そういえばみんなの生活費《せいかつひ》とかおこづかいとか、これまで気《き》にしたことなかったけど、どうなってるんだろう。

私《わたし》は試着室《しちゃくしつ》で震《ふる》えながら、神奈川君《かながわくん》から渡《わた》された服《ふく》に着《き》がえる。

自分《じぶん》じゃゼッタイ選《えら》ぶはずのない、ふわふわの薄《うす》い布《ぬの》のカットソーだ。いかにも初夏《しょか》のデート服《ふく》ってかんじで、そでまでレースたっぷり。

こんなぴらぴらしたそで、絵《え》を描《か》くのにジャマになるから、着《き》たことないよ。

そして下《した》は、ミントブルーのショートパンツ。

鏡《かがみ》に映《うつ》す勇気《ゆうき》はなく、首《くび》から下《した》だけチラ見《み》したら、「わ」と声《こえ》が出《で》た。

さわやかカワイイ！（首《くび》から下《した》だけ）

カットソーはあまい雰囲気《ふんいき》だけど、下《した》はパンツだから、ちょっとカッコよく見《み》える。

これは、私《わたし》じゃなくて、私《わたし》のマンガの主人公《しゅじんこう》に着《き》せたいコーデだなぁ。

「あらー、お似合《にあ》いですよー」

「いいじゃん」

試着室《しちゃくしつ》から出《で》ると、店員《てんいん》さんと神奈川君《かながわくん》から、優《やさ》しいお世辞《せじ》をちょうだいした。

「ちょっと、鏡《かがみ》を借《か》りてもいい？　このコの髪《かみ》もやってあげたいんだけど」

「どうぞ～。あ、よかったらこちらに座《すわ》ってくださいね」

店員《てんいん》さんが試着室《しちゃくしつ》にイスを置《お》いてくれて、私《わたし》は流《なが》れるようにそこに座《すわ》らされ、背後《はいご》に立《た》った神奈川君《かながわくん》が、持参《じさん》のクシで私《わたし》の髪《かみ》をとかし始《はじ》めた。

「へ？　え？　え？」

「せっかくかわいい服着《ふくき》たんだし、アレンジしてあげるよ」

「ひえええ……っ!?」

「はい動《うご》かな～い。おとなしくしてる。動《うご》いたら、よけいに時間《じかん》かかるからね」

男《おとこ》の子《こ》に髪《かみ》の毛《け》をさわられるのなんて、初《はじ》めてだ。

がっちがちに固《かた》くなっちゃうけど、神奈川君《かながわくん》はものの数分《すうふん》で作業《さぎょう》を終《お》わらせてくれた。

（もちろん私《わたし》は、鏡《かがみ》を見《み》る勇気《ゆうき》なんて、一《いち》ミリもない）

「うん、編《あ》みこみも似合《にあ》うじゃん。かわいいかわいい。ちょっとメガネはずしてみて？ ないとぜんぜん見《み》えない？」

「いえ、乱視《らんし》でピントが合《あ》いづらいだけなんで。マンガを描《か》くような細《こま》かいコトじゃなければ、そんなに困《こま》らないんですけど」

もうどうにでもなれ〜な気持《きも》ちで、言《い》われるがままにメガネをはずす。

「…………え」

神奈川君《かながわくん》がフリーズした。

「あらあらあら」

店員《てんいん》さんも私《わたし》をまじまじ見《み》つめてくる。

な、なに、なんですか、この反応《はんのう》。そんな目《め》を疑《うたが》うほど似合《にあ》ってない、の……っ？

神奈川君《かながわくん》がレジでお会計《かいけい》してくれてるあいだ、私《わたし》は店員《てんいん》さんに許可《きょか》をもらって、資料《しりょう》用《よう》に店内《てんない》の写真《しゃしん》をたくさん撮《と》らせてもらった。

「お待《ま》たせ。資料写真《しりょうしゃしん》、もうオッケー？」

「は、はい。あの、神奈川君《かながわくん》、お洋服《ようふく》、ありがとうございます……」

どうかお金《かね》の出《で》どころが、やばいところじゃありませんように。

神奈川君《かながわくん》は財布《さいふ》をしまいながら、私《わたし》を見下《みお》ろして、ニーッと満足《まんぞく》げに口角《こうかく》を持《も》ち上《あ》げる。

「いーえ。お姫《ひめ》さまのしたくができたところで、ランチにエスコートいたしましょう」

またどこかへワープするつもりか、彼《かれ》は王子様《おうじさま》みたいなしぐさで、私《わたし》に手《て》のひらを出《だ》す。

たしかにお腹《なか》ぺこぺこだ。

私《わたし》が彼《かれ》の手《て》を取《と》った、その時《とき》。

「神奈川《かながわ》！　待《ま》てやコラァ！」

ぜぇぜぇ息《いき》を切《き》らせただれかの大声《おおごえ》が、私《わたし》たちの真後《まうし》ろに響《ひび》いた。

「――げ」

「千葉君《ちばくん》！」

ワープ先《さき》は横浜中華街《よこはまちゅうかがい》。

ただいま立《た》ち食《ぐ》いのお店《みせ》で、テーブルに飲茶《ヤムチャ》を並《なら》べ、大《おお》きな肉《にく》まんにかぶりついたところだ。

ジュワッと肉汁《にくじゅう》があふれ出《で》てきて、これはほっぺたがゆるんじゃうよ……！

湯気《ゆげ》でメガネがくもるから、おでこに持《も》ち上《あ》げようとしたら、横《よこ》から神奈川君《かながわくん》に阻止《そし》された。

さっき千葉君《ちばくん》が現《あらわ》れた時《とき》、なぜか、すぐさまメガネを装着《そうちゃく》させられたんだ。

二人《ふたり》になってからは、やたらと「かわいいかわいい」ってお世辞《せじ》を連呼《れんこ》してくれてた神《か》奈川君《ながわくん》が、メガネをはずしたとたんに、ピタッとお世辞《せじ》をやめた。

――ってことは、やっぱり今《いま》のオシャレな格好《かっこう》には、私《わたし》の素顔《すがお》がかなり厳《きび》しめだったのデショウ。

私《わたし》はメガネをしっかりとかけなおす。

そしたら神奈川君《かながわくん》がちょっと身《み》をかがめ、私《わたし》にだけ聞《き》こえる音量《おんりょう》でつぶやいた。

「『ほかのやつには見《み》せなくていいよ』ってことだからね」

「？」

「知《し》ってるのはオレだけのほうが、なんかうれしいじゃん」

「？？？」

ナゾ解《と》きをしかけられてるみたいな言《い》い方《かた》で、さっぱり意味《いみ》がわからない。

首《くび》をひねる私《わたし》に、神奈川君《かながわくん》はちょっと笑《わら》い、千葉君《ちばくん》のほうへ顔《かお》を向《む》けた。

「つか、千葉《おまえ》はどうやって来《き》たんだよ。ワープなしじゃ、こんな早《はや》く追《お》いつけないだろ」

「**船**《ふね》だよ。パーク前《まえ》の海《うみ》を横切《よこぎ》ってた船《ふね》が、横浜港行《よこはまこうい》きだったから、甲板《かんぱん》にワープした」

今《いま》の今《いま》までマジギレしてた千葉君《ちばくん》も、肉《にく》まんのおいしさに顔《かお》がほころんじゃってる。

「船《ふね》かぁ……っ。なるほどです。ディズ●ーリゾートの海《うみ》から横浜港《よこはまこう》だったら、すぐとなりですもんね」

感心《かんしん》する私《わたし》の横《よこ》で、神奈川君《かながわくん》は顔《かお》をしかめた。

「海経由《うみけいゆ》？　そんなのズルだろ」

「千葉《ちば》をナメんなよ。うちはレジャースポットだけじゃなくて、農業《のうぎょう》も漁業《ぎょぎょう》も、工業《こうぎょう》だって力《ちから》が入《はい》ってんだから、生《い》きる力《ちから》がすげぇんだよ」

千葉君《ちばくん》はトクいそうに胸《むね》を張《は》る。

「でもおまえこそ、なんで立《た》ち食《ぐ》い？　レストランでフルコースとかやりそうなのに」

だれよりモリモリ食《た》べてる千葉君《ちばくん》に聞《き》かれて、神奈川君《かながわくん》は肩《かた》をすくめた。

「そりゃね。最初《さいしょ》はそのつもりだったんだけど」

「──あっ。す、すみません。私《わたし》があまりにも、神奈川君《かながわくん》と釣《つ》り合《あ》わないから……！」

「ええ？　ちがうよ」

神奈川君《かながわくん》の眉間《みけん》に、深《ふか》いシワがきざまれた。

「ちゃんとしたお店《みせ》じゃ、私《わたし》と入《はい》るのが恥《は》ずかしいからじゃないんですか？」

「ぜんっぜんちがう。服買《ふくか》ってあげた時《とき》もエンリョしてたし、ほずみちゃんは、自分《じぶん》のために、人《ひと》になにかしてもらうのは苦手《にがて》なんでしょ。だったら、立《た》ち食《ぐ》いくらいのほうが気《き》楽《らく》だろうなって思《おも》ったの」

「それは……、そうなんですが」

私《わたし》はかじりかけの肉《にく》まんに視線《しせん》を落《お》とした。

おばさんと担当《たんとう》さんが私《わたし》を前《まえ》にした時《とき》の、「困《こま》ったなぁ」って顔《かお》が頭《あたま》に浮《う》かんでくる。

パパとママがいなくなってから、マンガが行《い》きづまってから、私《わたし》は存在自体《そんざいじたい》がお荷物《にもつ》だ。

二人《ふたり》には迷惑《めいわく》かけるばっかりで、なんにもプラスになることを返《かえ》せてない。

だから、これ以上《いじょう》、だれかになにかしてもらって負担《ふたん》になるのは、申《もう》し訳《わけ》ないし、ちょっとツラいなぁって……。

うわっ、ストップ！　やめよやめよっ、思考《しこう》が暗《くら》い！

私《わたし》は残《のこ》りの肉《にく》まんを口《くち》に放《ほう》りこみ、そのあったかさのほうに、気持《きも》ちを集中《しゅうちゅう》する。

そんな私《わたし》を、神奈川君《かながわくん》はジーッと見《み》つめてくる。

「家族《かぞく》にも友達《ともだち》にもそんなかんじなの？　なんか、自分《じぶん》に自信《じしん》ゼロだよね」

神奈川君《かながわくん》が見《み》つめてくるその瞳《ひとみ》に、心配《しんぱい》するような色《いろ》がにじんでる。

私《わたし》、うっすら思《おも》ってたんだけど、この人《ひと》もチャラく見《み》えて、実《じつ》はめっちゃ優《やさ》しい？

服《ふく》を買《か》ってくれたのも、私《わたし》がおしゃれタウンでキョドキョドしてたからかもしれない。

だって、単《たん》に、制服姿《せいふくすがた》の私《わたし》のとなりを歩《ある》きたくないんだったら、出発前《しゅっぱつまえ》に「着《き》がえろよ」ってツッコんでくるよね。

神奈川君《かながわくん》は、私《わたし》がしゃべりだすのを、まだ待《ま》っててくれる。

でもこんな楽《たの》しい場所《ばしょ》で、親《おや》が死《し》んじゃったとか、おばさんにも申《もう》し訳《わけ》なくてだとか、そんな話《はなし》はしたくない。

「いえっ？　服《ふく》のことは資金源《しきんげん》が不安《ふあん》すぎたからで。……黒《くろ》いお金《かね》じゃないですよね？」

真顔《まがお》でツッコんで、ごまかしちゃった。

「えーっ、なにそれっ。黒《くろ》くないってば」

「気《き》にするとこ、そこかよ」

そしたら神奈川君《かながわくん》も千葉君《ちばくん》も、調子《ちょうし》を合《あ》わせて笑《わら》ってくれた。

やっぱり二人《ふたり》とも、すっごく優《やさ》しい人《ひと》たちなんだ。

中華街《ちゅうかがい》を食《た》べ歩《ある》きしながらおさんぽした後《あと》、私《わたし》たちはみなとみらいにもどり、街《まち》のシンボル・大観覧車《だいかんらんしゃ》に乗《の》りこんだ。

小《ちい》さなワゴンに三人《さんにん》きりで、急《きゅう》に静《しず》かな空気《くうき》になる。

となりに座《すわ》った神奈川君《かながわくん》が、にっこりほほ笑《え》んだ。

「それでさ。ほずみちゃんは、どっちのデートがときめいた？　千葉《ちば》のガキっぽいデートより、オレとの街《まち》デートのほうが楽《たの》しかったでしょ」

「アァ？　ほずみは、カッコつけマンのデートより、オレとわくわくデートのほうが、楽《たの》しかっただろ」

「あっ！　ちょっと待《ま》ってください」

パシャパシャパシャッ！

私《わたし》はスマホカメラを外《そと》に向《む》けて、天空《てんくう》から夕方《ゆうがた》の景色《けしき》を連写《れんしゃ》しまくる。

「「……………」」

「**すっごいですね！**　空《そら》からこの角度《かくど》でビル群《ぐん》を見下《みお》ろせるって、風景素材《ふうけいそざい》として超優《ちょうゆう》秀《しゅう》！　私《わたし》、アシスタントさんにたのむお金《かね》もないし、風景《ふうけい》は自分《じぶん》でちまちま描《か》くしかないんですけどっ。自分《じぶん》で撮《と》った写真《しゃしん》なら、著作権《ちょさくけん》を気《き》にせず使《つか》えますもんねーっ」

ワゴンが上《あ》がりきる前《まえ》に撮《と》りまくりたいのに、鉄骨《てっこつ》が写《うつ》りこんじゃう。

カメラの角度《かくど》を変《か》えようとして、ぎゅむっととなりの神奈川君《かながわくん》のほうへ寄《よ》る。

「…………ほずみちゃん」

「はい！」

満面《まんめん》の笑《え》みでとなりを見《み》たら、神奈川君《かながわくん》が私《わたし》を呼《よ》んだくせに、そっぽを向《む》いた。

きょとんとした後《あと》、私《わたし》はハッと我《われ》に返《かえ》った。

私《わたし》、神奈川君《かながわくん》のひざに、乗《の》り上《あ》げちゃってるよ！

私《わたし》は転《ころ》げるようにして、彼《かれ》の上《うえ》から飛《と》び降《お》りた。

「ご、ごめんなさいっ。夢中《むちゅう》になっちゃって」

「いーえ……」

至近距離《しきんきょり》だから、長《なが》い髪《かみ》で隠《かく》れた目《め》もとが、チラッと見《み》えちゃった。

あれ。カーッと真《ま》っ赤《か》に火照《ほて》ってる（横浜《よこはま》ベイブリッジのライトアップは、青色《あおいろ》だったと思《おも》うけど）。

まさか照《て》れてる？　怒《おこ》られる要素《ようそ》はあったけど、いったいどこに照《て》れ要素《ようそ》が……。

「神奈川《かながわ》、返《かえ》り討《う》ちにあってやんの」

千葉君《ちばくん》はニヤニヤ。

けどなんか、神奈川君《かながわくん》の思《おも》いもよらない表情《ひょうじょう》に、私《わたし》は**心臓《しんぞう》がきゅ――っと、**

「ほずみ。おれはデートなんて初《はじ》めてしたんだ。……ぶっちゃけ、こっちはめっちゃ楽《たの》しかったけど。おまえはどうだった？」

千葉君《ちばくん》は小首《こくび》をかしげてみせる。

その、ちっちゃいコみたいな、無邪気《むじゃき》なしぐさ。

私《わたし》は母性《ぼせい》みたいなモノを刺激《しげき》されて、またもや**心臓《しんぞう》がきゅ――っと、**

「――これだ！」

私《わたし》は鳴《な》りかけた心臓《しんぞう》を、上《うえ》からつかんだ。

あ、しまった！　叫《さけ》んだせいで、**きゅっ**の気持《きも》ちが、どっかに飛《と》んじゃった⁉

「待《ま》って待《ま》って、今《いま》せっかく、『ときめき』をつかみかけたと思《おも》ったのにっ」

時間《じかん》が経《た》ったら、もっと遠《とお》くに行《い》っちゃいそうだ。

せめてものヒントに、今《いま》の二人《ふたり》の表情《ひょうじょう》を、忘《わす》れないよう描《か》きとめないと！

私《わたし》はなりふりかまわず、リュックからメモ帳《ちょう》とペンを取《と》り出《だ》した。

「すみません、そっちの席《せき》を貸《か》してくださいっ」

千葉君《ちばくん》を神奈川君《かながわくん》のとなりに移動《いどう》させて、私《わたし》は空《あ》いたベンチを机《つくえ》がわりに、メモ帳《ちょう》にザカザカとペンを走《はし》らせ始《はじ》める。

いつもヨユーなオシャレ王子《おうじ》の、髪《かみ》のすき間《ま》からチラ見《み》えした、赤《あか》い顔《かお》。

ぶっきらぼうヤンキー男子《だんし》の、ちょっとスネたような、かわいい顔《かお》。

アーッ！　これはまちがいなく、一《いち》ページまるまる使《つか》った「見《み》せゴマ」の表情《ひょうじょう》だよ！

「……やばいな、千代原《ちよはら》ほずみ。ぜんぜんオレの思《おも》いどおりにならない」

「どうなってんだよ。こっちはいつの間《ま》にか本気《ほんき》でデートしてたのによ」

二人《ふたり》がドン引《び》きする声《こえ》が聞《き》こえる気《き》がする。けど、私《わたし》はそれどころじゃない。

「このコに近《ちか》づけば、他《ほか》のやつらを出《だ》しぬけると思《おも》ったのに、一筋縄《ひとすじなわ》じゃいかなそうだ」

「なんだよ。やっぱ、神奈川《おまえ》もそのつもりだったのか」

「彼女《かのじょ》には、オレたち都道府県男子《とどうふけんだんし》をリアル化《か》できた、なにかがあるはずだからね。なのに……、ぜんぜんそんなかんじしないいな」

「マジで。まったくしねぇな」

「――できた！」

私《わたし》は描《か》きあげたメモ帳《ちょう》を、両手《りょうて》でかかげる。

二人《ふたり》はビクッと肩《かた》をゆらした。

あ。仲良《なかよ》くおしゃべりしてたみたいなのに、失礼《しつれい》しました。

「なに描《か》いてたんだ？」

「二人《ふたり》の最高《さいこう》の表情《ひょうじょう》を、忘《わす》れないうちにと思《おも》って」

モデルになってもらったのに、見《み》せないワケにはいかないか。

でも、なかなかリアルに描《か》けたと思《おも》うんだよね。

私《わたし》は照《て》れ照《て》れしつつも、二人《ふたり》に紙面《しめん》を向《む》ける。

「「……ッ！」」

とたん、二人《ふたり》の顔面《がんめん》が、チーバくんみたいな真《ま》っ赤《か》な色《いろ》に！

「オレはこんな顔《かお》してない」

「お、おれだってしてねーぞ」

「してましたよ？」

そのタイミングで、がしょんっとワゴンのとびらが開《ひら》いた。

「おかえりなさーい。終点《しゅうてん》でーす」

スタッフさんが笑顔《えがお》でお迎《むか》えしてくれた。

私《わたし》は大満足《だいまんぞく》な気持《きも》ちでステップを下《お》り、男子《だんし》たちは、赤《あか》い顔《かお》を手《て》で隠《かく》しながら出《で》てくる。

上空《じょうくう》で撮《と》った写真《しゃしん》を確《たし》かめようとしたら、ちょうどスマホが震《ふる》えた。

――もう夕飯《ゆうはん》のしたくを始《はじ》めてる。そろそろ帰《かえ》って来《こ》い。

なんと東京君《とうきょうくん》からだ。

画面《がめん》をのぞきこんできた千葉君《ちばくん》は、眉《まゆ》を寄《よ》せる。

「あいつ、ほずみのおかんかよ」

「ま、ちょうどいいか……。東京《とうきょう》へは跳《と》べないから、帰《かえ》りはふつうに電車《でんしゃ》」

千葉君《ちばくん》も神奈川君《かながわくん》も、急《きゅう》におとなしくなっちゃった。私《わたし》のイラスト、そんなに恥《は》ずかしかったのかなぁ。

「ここからなら、みなとみらい駅《えき》が近《ちか》いですかね？」

階段《かいだん》を探《さが》してきょろきょろまわりを見《み》まわすと、物販《ぶっぱん》コーナーが目《め》に入《はい》った。

そこに並《なら》んでるものに、私《わたし》は「あっ」と声《こえ》をあげた。

✦

今日《きょう》の夕《ゆう》ごはん当番《とうばん》は、東京君《とうきょうくん》と埼玉君《さいたまくん》。

部屋着《へやぎ》に着《き》がえてからリビングへ顔《かお》を出《だ》すと、テーブルにはもうお皿《さら》がならんでて、タイミングぴったりだった。

いただきますのあいさつをして、埼玉県産《さいたまけんさん》・黒《くろ》ぶたステーキをほおばる。

「おいふぃです～！」

目《め》を輝《かがや》かせる私《わたし》に、当番《とうばん》の二人《ふたり》はホッとした顔《かお》。

「……で、特訓《とっくん》の成果《せいか》はどうだったんだ？」

「楽《たの》しかったです！　写真《しゃしん》もいっぱい撮《と》りましたよ」

「見《み》ていいか。こいつらがやばいことしてないか、チェックする」

「「おかんかよ」」

神奈川君《かながわくん》たちがすかさずツッコむ。

東京君《とうきょうくん》はリビングのテレビに、今日《きょう》の写真《しゃしん》データを転送《てんそう》してくれた。

最初《さいしょ》に画面《がめん》に映《うつ》ったのは、青空《あおぞら》とピンクのチュロス。

しばらく、アトラクションの建物《たてもの》や景色《けしき》が続《つづ》いた後《あと》に、とうとつに犬耳《いぬみみ》カチューシャの千葉君《ちばくん》が現《あらわ》れた。

「千葉《ちば》、すごーい、かわいい～♡」

栃木君《とちぎくん》にからかわれて、今《いま》の当人《とうにん》は、ステーキをもぐもぐしながら目《め》をすらわせる。

その後《ご》は、千葉君《ちばくん》のきらめく瞳《ひとみ》のクローズアップ。スマホで予約時間《よやくじかん》を確《たし》かめる彼《かれ》の、手《て》の甲《こう》のアップ。前《まえ》を歩《ある》く神奈川君《かながわくん》の、シャツの背中《せなか》のシワ。太陽光《たいようこう》の下《した》で、血管《けっかん》が薄《うす》く透《す》ける耳《みみ》のふち（たぶん千葉君《ちばくん》）や、長《なが》いまつ毛《げ》の生《は》えぎわ（こっちはたしか神奈川君《かながわくん》）も。

「ほんと美《うつく》しいですよねっ。リアル男子《だんし》の人体《じんたい》って、こういう構造《こうぞう》なんだーって、勉強《べんきょう》になりました。写真資料《しゃしんしりょう》も山《やま》ほど撮《と》れましたし。**これは作画《さくが》がはかどります……っ！**」

興奮《こうふん》ぎみにふり向《む》くと、テーブルの七人《しちにん》は、目《め》が点《てん》になってる。

あ、あれ？

「ほずみが写《うつ》ってる写真《しゃしん》は？」

東京君《とうきょうくん》に真顔《まがお》で聞《き》かれた。

「自分《じぶん》を写《うつ》しても、マンガの資料《しりょう》にはならないので……」

「ウソでしょおーっ。もうっ、ほずみは本物《ほんもの》の**マンガバカ**だよね。千葉《ちば》も神奈川《かながわ》も、なにやってんの？　ちゃんと撮《と》ってきてよ！」

群馬君《ぐんまくん》がぷりぷりしながら、リモコンで写真《しゃしん》を早送《はやおく》りする。

「ちげぇよ。こいつ、撮《と》ろうとしてカメラ向《む》けると、すげぇ逃《に》げるんだよ」

「オレは、写真《しゃしん》は撮《と》らずに心《こころ》に焼《や》きつけておく派《は》」

神奈川君《かながわくん》はちらっと私《わたし》を見《み》て、すぐに目《め》をそらした。

「ちょっと待《ま》ってください。今《いま》、お店《みせ》の鏡《かがみ》になにかが……」

茨城君《いばらきくん》がリモコンを取《と》り、写真《しゃしん》を拡大《かくだい》し始《はじ》めた。

資料用《しりょうよう》に撮《と》らせてもらった、みなとみらいの洋服屋《ようふくや》さんの写真《しゃしん》だ。

ぐんぐん拡大《かくだい》されていく店内《てんない》の写真《しゃしん》。

カーテンを開《あ》けたままの試着室《しちゃくしつ》の鏡《かがみ》に――、ふわふわカットソーにショートパンツ、編《あ》みこみダウンヘア、しかもメガネなしの私《わたし》が写《うつ》ってる！

「この超《ちょう》かわいいコ、ほずちゃんだよね⁉」

栃木君《とちぎくん》が高《たか》い声《こえ》をあげる。

「ヒッ！」

リモコンを奪《うば》おうとした私《わたし》もだけど、なぜか神奈川君《かながわくん》まで無言《むごん》で立《た》ちあがってる。

　ガシャンッ。

ハデな音《おと》にテレビから目《め》をもどしたら、東京君《とうきょうくん》がコップを取《と》り落《お》としてた。

お茶《ちゃ》がテーブルに広《ひろ》がっていくのに、その場《ば》のだれも動《うご》かない。

……みんながここまでビックリするほど、身《み》の丈《たけ》に合《あ》わなすぎる格好《かっこう》だったんだなぁ。

私《わたし》はテレビの電源《でんげん》を消《け》して、みんなの視界《しかい》を保全《ほぜん》する。

「ほずみ、出《で》かけた時《とき》は制服《せいふく》だったよな……？」

「神奈川君《かながわくん》に、買《か》っていただいちゃいまして」

「へ、へぇえ？」

東京君《とうきょうくん》は拾《ひろ》ったコップをまた取《と》り落《お》としそうになって、埼玉君《さいたまくん》がキャッチする。

みんなそれぞれ、みょうにぎこちない動《うご》きで、ステーキを食《た》べ始《はじ》めた。

「えー……と、ともかくだな」

東京君《とうきょうくん》は仕切《しき》りなおすようにセキばらいをした。

「ほずみのアルバムのかんじからして、これはデートってより、ただの取材《しゅざい》だろ。**デート**
プラン対決《たいけつ》は、引《ひ》き分《わ》けだな」

東京君《とうきょうくん》の判定《ジャッジ》に、私《わたし》はうなずく。

千葉《ちば》のディ●ニーランドも、神奈川《かながわ》の街歩《まちある》きも、どっちもものすごく有意義《ゆういぎ》だった！

すると、二人《ふたり》はガクッとイスの背《せ》にもたれかかった。

「マジかよ。神奈川《かながわ》なんかと一緒《いっしょ》にすごして、結局《けっきょく》、引《ひ》き分《わ》けだってぇ？」

「千葉《ちば》なんかと引《ひ》き分《わ》けって、プライドが傷《きず》つくんだけど……」

千葉君《ちばくん》も神奈川君《かながわくん》も、おたがいに潮風《しおかぜ》を吹《ふ》かせつつ、打《う》ちひしがれている。

「すみません……。私《わたし》は思《おも》いきりエンジョイしちゃったのに」

今日《きょう》の取材《しゅざい》で、いいネームも描《か》けそうな気《き》がしてる。ほんとにありがたいよ。

テーブルごしに身《み》を乗《の》り出《だ》すと、二人《ふたり》ともこっちを見上《みあ》げた。

「……ほずみが楽《たの》しかったなら、それでいいか。おれもなんだかんだ楽《たの》しかったし」

「オレも、まぁ、そういうことで」

「あ、そうだ。今日《きょう》のお礼《れい》に、お土産《みやげ》を買《か》ったんです。食後《しょくご》にみんなで食《た》べませんか？」

みんな、そろそろお皿《さら》がカラになるタイミングだ。ちょうどいいや。

私《わたし》はリュックからクッキーの箱《はこ》を出《だ》してきて、テーブルの真《ま》ん中《なか》に置《お》く。

ずっと眠《ねむ》たそうだった埼玉君《さいたまくん》まで、それをのぞきこんできた。


「みなとみらいに行《い》ってきましたクッキー」


みんなが声《こえ》をそろえて、包装紙《ほうそうし》のロゴを読《よ》みあげる。

いっぱい入《はい》ってそうだし、ベイエリアのイラストが、横浜土産《よこはまみやげ》らしくていいなと思《おも》って。

観覧車《かんらんしゃ》から降《お》りたとこの物販《ぶっぱん》コーナーで、ゲットしてきたんだ。

――が。ただでさえ静《しず》かになってたリビングが、さらに静《しず》かになって、呼吸《こきゅう》の音《おと》すら聞《き》こえなくなった。

「あれ？」

私《わたし》、ハズした？

次《つぎ》の瞬間《しゅんかん》、七人《しちにん》がいっせいに噴《ふ》き出《だ》して、大爆笑《だいばくしょう》を始《はじ》めた。

「ほずみ、よりによってコレかよっ。おまえマジでおもしれぇな！」

「横浜《よこはま》には、シューマイとかサブレとか肉《にく》まんとか、ご当地名物《とうちめいぶつ》がたくさんあるでしょ」

呼吸困難《こきゅうこんなん》になるほど大笑《おおわら》いの千葉君《ちばくん》と神奈川君《かながわくん》を、私《わたし》は「えっ、えっ」と見《み》くらべる。

「……ほずみ。これは、全国《ぜんこく》どこでも売《う》ってる、いわゆる『行《い》ってきましたクッキー』ってやつだ。『東京《とうきょう》に行《い》ってきましたクッキー』もあるな」

東京君《とうきょうくん》の目《め》じりにも、涙《なみだ》が浮《う》かんでる。

「でも、みなとみらいって書《か》いてあるのに……？」

「箱《はこ》と袋《ふくろ》の絵《え》だけ変《か》えてるんだよ。中身《なかみ》は同《おな》じ。工場《こうじょう》も神奈川《うち》じゃないんだわ」

「栃木《とちぎ》でも、これ売《う》ってるよ。日光東照宮《にっこうとうしょうぐう》の三猿《さんざる》のやつとか、観光地《かんこうち》ごとに、包装紙《ほうそうし》はいろいろバージョンがあるみたいだけど」

そしてテーブルのメンバーが、「うちも」「うちも」と次々《つぎつぎ》手《て》をあげる。

「マジですか……」

ガクゼンとする私《わたし》に、まだ笑《わら》いのおさまらないみんなは、それぞれクッキーを手《て》に取《と》る。

包装《ほうそう》をやぶると、出《で》てきたクッキーには「ＭＩＬＫ《ミルク》」の文字《もじ》。

たしかに、みなとみらいとはなんのカンケーもなさそうだ。

「まー、無難《ぶなん》にウマいよ」

「それだけ全国《ぜんこく》で愛《あい》されてるクッキーってことかもね」

千葉君《ちばくん》も神奈川君《かながわくん》も、笑《わら》いながら食《た》べてくれる。

埼玉君《さいたまくん》が紅茶《こうちゃ》とコーヒーをいれてきてくれて、たくさんあったクッキーは、あっという間《ま》に、みんなのお腹《なか》に吸《す》いこまれていく。

「ほずみ。ぼやぼやしてたら食《く》いそこねるぞ」

東京君《とうきょうくん》が、私《わたし》のぶんをゴソッと取《と》って確保《かくほ》してくれた。

「ど、どうもです」

世話焼《せわや》き人情派《にんじょうは》の江戸《えど》っ子《こ》・東京君《とうきょうくん》。ほんとにおかんみたいだ。

私《わたし》は頭《あたま》を下《さ》げて受《う》けとり、自分《じぶん》もクッキーを食《た》べる。

口《くち》の中《なか》でほろほろ溶《と》けるクッキーの、あまい味《あじ》。自然《しぜん》とほっぺたが持《も》ち上《あ》がっちゃうな。

「みんなで食《た》べると、おいしいですね」

初日《しょにち》の闇《やみ》カレーの時《とき》から、ずっと思《おも》ってたことを、このタイミングでやっと言《い》えた。

――そしたら、東京君《とうきょうくん》が瞳《ひとみ》を大《おお》きくして、満面《まんめん》の笑《え》みの私《わたし》を見《み》つめる。

千葉君《ちばくん》と神奈川君《かながわくん》も、クッキーの包装《ほうそう》を開《あ》ける手《て》を止《と》め、こっちを凝視《ぎょうし》してくる。

それからみょうにソワソワと、右《みぎ》と左《ひだり》に顔《かお》を背《そむ》けた。

「だれのときめき特訓《とっくん》してんだろーな？」

東京君《とうきょうくん》がニヤッと笑《わら》ったとたん、二人《ふたり》は「ごちそーさま！」と席《せき》を立《た》ち、部屋《へや》へ帰《かえ》っていってしまった。

私《わたし》は残《のこ》されたクッキーをもぐもぐ食《た》べつつ、首《くび》をかしげる。

私《わたし》のときめき特訓《とっくん》……だけどな？

❼ 埼玉君《さいたまくん》①

カレンダーの、五月《ごがつ》のページをやぶりとる。

もう二週間《にしゅうかん》がたっちゃった。

強制的《きょうせいてき》に新生活《しんせいかつ》がスタートしてから、もう二週間《にしゅうかん》がたっちゃった。

「特別《とくべつ》クラス」にも寮生活《りょうせいかつ》にも、だいぶ慣《な》れてきた。

関東男子《かんとうだんし》たちは、寮《りょう》での小競《こぜ》り合《あ》いはしょっちゅうだけど、夕《ゆう》ごはんの後《あと》も、なんとなくみんなでおしゃべりする習慣《しゅうかん》ができた。

東京君《とうきょうくん》は、これも「ほずみのおかげだ」って、よろこんでくれた。

関東寮《かんとうりょう》は落《お》ちついてきても、学校《がっこう》では、四十七人《よんじゅうしちにん》の都道府県男子《とどうふけんだんし》がわちゃわちゃして

て、あいかわらずの無法地帯《むほうちたい》だ。

お昼休《ひるやす》みは、他《た》クラスの女子《じょし》が押《お》しかけてくるのと入《い》れかわりに、私《わたし》はサッと教室《きょうしつ》を脱出《だっしゅつ》して、空《あ》き教室《きょうしつ》でお弁当《べんとう》を食《た》べてる。

「特別《とくべつ》クラスの一人《ひとり》きりの女子《じょし》」なんてポジションは、ファンのコたちにねたまれるよなぁ——と、おびえてたんだけど。

なんと、「特別《とくべつ》クラスの男子《だんし》は、アイドルの卵《たまご》たち。千代原《ちよはら》ほずみは彼《かれ》らが所属《しょぞく》してる芸能事務所《げいのうじむしょ》で、マネージャーのバイトをしてる」ってウワサが流《なが》れてるらしい。

ウワサの出所《でどころ》はわからないけど、その設定《せってい》で、ファンの女子《じょし》も「しかたないか」って思《おも》ってくれてるみたい。

東京君《とうきょうくん》たちの苗字《みょうじ》が、そのまんま都道府県名《とどうふけんめい》なのに、だれも気《き》にしてなかったのも、芸名《げいめい》だと思《おも》われてたからなんだなぁ。

「都道府県男子《とどうふけんだんし》47」みたいなアイドルグループ、ホントにありそうだもんね。

おかげで最初《さいしょ》に心配《しんぱい》してたより、生活《せいかつ》はずっと安定《あんてい》してるんだ。

——それはありがたいんですが。

「ネームが、進《すす》んでない！」

やぶったカレンダーをぐしゃっと丸《まる》めて、私《わたし》は机《つくえ》に手《て》をついた。

この土日《どにち》で完成《かんせい》させる予定《よてい》だったのに、もう、日曜《にちよう》の夜《よる》だよ……っ。

机《つくえ》の上《うえ》には、描《か》きちらしまくったネーム用紙《ようし》。

机《つくえ》の前《まえ》には、関東《かんとう》メンバーを中心《ちゅうしん》に、都道府県男子《とどうふけんだんし》たちを描《か》いたイラストや、資料《しりょう》の写真《しゃしん》を、ずらりと貼《は》りつけてある。

この表情《ひょうじょう》すごくいい！　この写真使《しゃしんつか》える！って資料《しりょう》はどんどん集《あつ》まるのに、肝心《かんじん》のストーリーがまとまらないんだ。

見切《みき》り発車《はっしゃ》で描《か》いてみても、「なんかちがうな……」ってペンが止《と》まっちゃう。

先週末《せんしゅうまつ》、千葉君《ちばくん》と神奈川君《かながわくん》との「ときめき特訓《とっくん》」で、「きゅん」のかけらを、たしかにつかんだ気《き》がしたのに。

前《まえ》に東京君《とうきょうくん》がアドバイスしてくれた、ストーリーのつながりも、ちゃんと意識《いしき》した。

もし自分《じぶん》が主人公《しゅじんこう》だったらって、先週末《せんしゅうまつ》の「デート」を思《おも》い返《かえ》して、心《こころ》の変化《へんか》が不自《ふし》然《ぜん》にならないように、何度《なんど》も何度《なんど》も考《かんが》えてみた。

でも、一番《いちばん》マシかなって思《おも》うネームをパラパラめくってみても、「担当《たんとう》さんにこれを送《おく》ろう！」って決《き》める勇気《ゆうき》がわかない。

だって、「ほずみん」にとってのラストチャンスなんだ。

――うーん。先生《せんせい》のマンガは恋《こい》にリアリティがなくて感情移入《かんじょういにゅう》できないんですよね。

担当《たんとう》さんの声《こえ》が耳《みみ》によみがえって、私《わたし》は反射的《はんしゃてき》に、ぐしゃっと紙《かみ》を握《にぎ》りつぶす。

「やっぱり、まだまだこんなんじゃダメだ……！」

うなりながらペンを走《はし》らせるけど、またすぐ行《い》きづまって、頭《あたま》を抱《かか》える。

「埼玉《さいたま》、どういうことなんだよ」

そこに、とげとげしい声《こえ》が、聞《き》こえてきた。

階段《かいだん》の途中《とちゅう》からリビングをのぞいた私《わたし》は、ひえっと息《いき》をのんだ。

テーブルを囲《かこ》むメンバーは、そろって顔《かお》つきがピリピリしてる。

「ごめんね。オレが居眠《いねむ》りしてたから……」

そして奥《おく》の席《せき》で、埼玉君《さいたまくん》がうなだれる。

空気的《くうきてき》に、彼《かれ》がケンカの原因《げんいん》になっちゃったかんじ？

でも埼玉君《さいたまくん》は、自己主張《じこしゅちょう》の激《はげ》しすぎる他《ほか》のコたちとは正反対《せいはんたい》で、すごくひかえめなのに。

私《わたし》は迷《まよ》いに迷《まよ》ったあげく、そ〜っとリビングに出《で》てみた。

最初《さいしょ》に東京君《とうきょうくん》が気《き》がついて、疲《つか》れた顔《かお》で目配《めくば》せしてくる。

たぶん、「あっち行《い》ってろ」じゃなくて、「どうにかしてくれ」の目配《めくば》せだよね。

「……あ、あの、どうかしたんですか？」

おっかなびっくり近寄《ちかよ》ると、みんなの視線《しせん》がいっせいに集《あつ》まってくる。

千葉君《ちばくん》はドサッとイスに背《せ》をあずけた。

「明日《あした》は二年《にねん》の球技大会《きゅうぎたいかい》だろ？　埼玉《さいたま》を、どこのチームに入《い》れるかでモメてんだ」

私《わたし》は目《め》を瞬《またた》いた。

すっかり忘《わす》れてたけど、そういえば明日《あした》は球技大会《きゅうぎたいかい》の日《ひ》だった。

毎年六月頭《まいとしろくがつあたま》にある一日《いちにち》がかりのイベントで、テニス・卓球《たっきゅう》・バスケ・ドッジボールのどれかに、必《かなら》ず全員参加《ぜんいんさんか》。

クラスごとに四種目《よんしゅもく》で競《きそ》うんだけど、情熱《じょうねつ》があるコ以外《いがい》は、ゆるいドッジを選《えら》ぶのがお決《き》まりだ。

特別《とくべつ》クラスは女子《じょし》が一人《ひとり》だけな事情《じじょう》もあって、私《わたし》は元《もと》いた三組《さんくみ》の、女子《じょし》ドッジチームにまぜてもらうことになってる。

関東寮《かんとうりょう》からは、東京君《とうきょうくん》、神奈川君《かながわくん》、千葉君《ちばくん》がテニスへ。

北関東《きたかんとう》トリオは卓球《たっきゅう》で、負《ま》けず嫌《ぎら》いなみんなはクラス優勝《ゆうしょう》をねらってるらしい。

「埼玉君《さいたまくん》はドッジじゃないんですか？」

ふだんの体育《たいいく》もサボッて寝《ね》てるし、私《わたし》と同《おな》じインドアタイプだと思《おも》ってた。

「オレ、そんな大会《たいかい》があるのも、さっき初《はじ》めて知《し》って……」

「えっ」

「種目《しゅもく》決《ぎ》めの時間《じかん》、埼玉《さいたま》は居眠《いねむ》りしてて、どこにも手《て》をあげてなかったらしい。俺《おれ》も気《き》づかなかった。存在感《そんざいかん》が薄《うす》すぎて」

東京君《とうきょうくん》がため息《いき》をつく。

「そ、そんなことが」

でもたしかに埼玉君《さいたまくん》は、気配《けはい》を消《け》すのがめちゃくちゃ上手《じょうず》だもんな……。

東京君《とうきょうくん》の説明《せつめい》によると、現在空《げんざいあ》きがあるのは、テニスか卓球《たっきゅう》だけ。ドッジとバスケは、他《た》クラスとの人数調整《にんずうちょうせい》でぴったりになっちゃって、もう入《はい》れないんだって。

私《わたし》が女子《じょし》ドッジとかわってあげれたらいいんだけど、それはムリだよね。

「埼玉《さいたま》は、テニスと卓球《たっきゅう》なら、どっちに入《はい》りたいんだ」

「オ、オレは、どっちでもいいんだけど……」

東京君《とうきょうくん》に聞《き》かれて、埼玉君《さいたまくん》はうつむいたまま、ボソボソ言《い》う。

「──って、この調子《ちょうし》で、決《き》まんないワケ」

神奈川君《かながわくん》が肩《かた》をすくめ、群馬君《ぐんまくん》は「さすがダサイタマ、優柔不断《ゆうじゅうふだん》～」と、カラッ風《かぜ》を吹《ふ》かせる。

みんな、県《けん》のプライドを背《せ》おってるから、ゼッタイ勝《か》ちたいんだ。

テニスチームも卓球《たっきゅう》チームも埼玉君《さいたまくん》を引《ひ》きとったら不利《ふり》になりそうだと思《おも》って、積極《せっきょく》的《てき》に「うちに来《こ》い」とは言《い》いたくないのかも。

そして埼玉君《さいたまくん》は、みんなのそんな気持《きも》ちを察《さっ》して、どっちのチームにも迷惑《めいわく》かけたくなくて、決《き》められない……？

彼《かれ》の気持《きも》ちは、私《わたし》にはちょっとわかってしまう。

タツキおばさんがたまに料理《りょうり》してくれる時《とき》、「ハンバーグとカレー、どっちがいい？」って聞《き》かれたりすると、ハンバーグはこねるの大変《たいへん》だし、カレーは野菜《やさい》の皮《かわ》むきが面倒《めんどう》だろうし……とか、つい考《かんが》えすぎて、優柔不断《ゆうじゅうふだん》になっちゃうんだ。

フォローの言葉《ことば》も見《み》つからず、私《わたし》はただ、埼玉君《さいたまくん》とみんなを見《み》くらべる。

すると、栃木君《とちぎくん》が大《おお》きな息《いき》をついた。

「埼玉《さいたま》って、東京《とうきょう》と仲《なか》いいじゃない？　埼玉人《さいたまじん》って東京《とうきょう》の池袋《いけぶくろ》ばっかり遊《あそ》びに行《い》くし。その調子《ちょうし》で、テニスに入《はい》ったらいいと思《おも》うなー」

「埼玉《さいたま》さんは、東京《とうきょう》・千葉《ちば》・神奈川《かながわ》と合《あ》わせて『一都三県《いっとさんけん》』って言《い》われますからね。都《と》会派《かいは》の南関東《みなみかんとう》さんたちには、テニスで仲良《なかよ》くがんばっていただきましょう」

茨城君《いばらきくん》までヒョイっと乗《の》っかる。

チーム卓球《たっきゅう》の北関東《きたかんとう》、すでにまとまってる……！

すると神奈川君《かながわくん》が眼光《がんこう》を強《つよ》くした。

「埼玉《さいたま》って、選挙《せんきょ》の時《とき》は北関東《きたかんとう》ブロックじゃん。なら、卓球《たっきゅう》チームに入《はい》るべきでしょ」

そしたら今度《こんど》は、群馬君《ぐんまくん》が「待《ま》ちなよ」と身《み》を乗《の》り出《だ》す。

「関東《かんとう》の南《みなみ》と北《きた》を分《わ》けるのは、真《ま》ん中《なか》を流《なが》れてる**利根川《とねがわ》が境界線《きょうかいせん》**って、江戸時代《えどじだい》から決《き》まってんの。川《かわ》より北《きた》が、ボクたち北関東《きたかんとう》。埼玉《さいたま》は川《かわ》の南《みなみ》にあるんだから、南関東《みなみかんとう》だよ」

飛《と》びかう激論《げきろん》に、私《わたし》はポカンとアゴが下《さ》がる。

「埼玉県《さいたまけん》が南《みなみ》か北《きた》かって、そんなにあやふやなんですか？」

うなだれたままの埼玉君《さいたまくん》は、髪《かみ》で隠《かく》れて表情《ひょうじょう》は見《み》えないけど、かすかにうなずいた。

彼《かれ》のかわりに、東京君《とうきょうくん》が口《くち》を開《ひら》く。

「関東《かんとう》をどこで南北《なんぼく》に分《わ》けるかっていう法律的《ほうりつてき》な決《き》まりはないんだ。だから関東《かんとう》の真《ま》ん中《なか》にある埼玉《さいたま》は、あつかいが南《みなみ》だったり北《きた》だったり、バラバラだな」

そこで千葉君《ちばくん》が音《おと》を立《た》て、イスから立《た》ちあがった。

「埼玉《さいたま》。おまえいいかげんに、どっちの派閥《はばつ》なのかハッキリしろよ」

「そーだよ。埼玉《さいたま》がフラフラしてなきゃ、こんなムダ話《ばなし》をする必要《ひつよう》もないんだからね」

群馬君《ぐんまくん》も立《た》ちあがる。

埼玉君《さいたまくん》をあいだにはさんで、北関東《きたかんとう》・南《みなみ》関東《かんとう》の確定《かくてい》メンバーが、火花《ひばな》を散《ち》らし合《あ》う。

「おい、ケンカはやめろ」

東京君《とうきょうくん》があいだに入《はい》るも、栃木君《とちぎくん》が東京《とうきょう》君《くん》までにらみつけた。

「首都《しゅと》だからって、上《うえ》から目線《めせん》はやめてくれるー？　自分《じぶん》だって『埼玉《さいたま》がテニスに来《き》たら、負《ま》けそうだなー』とか思《おも》ってるくせに」

東京君《とうきょうくん》は図星《ずぼし》を突《つ》かれたのか、一瞬《いっしゅん》だまっちゃった。

千葉君《ちばくん》はテーブルに手《て》をついて、ガルルッとうなる。

「埼玉《さいたま》は、テニスにはいらねぇわ。南関東《こっち》の仲間《なかま》だって言《い》うなら、ウェルカムだけどよ。

そんな気《き》もねぇやつを、わざわざ入《い》れることねぇからな」

「なら、ボクたちだって同《おな》じだよ。埼玉《さいたま》は北関東派《こっちは》だとも言《い》いたくないんでしょ」

まるで、このテーブルが利根川《とねがわ》だ。

「「あわわわわ……っ」」

私《わたし》は、全身《ぜんしん》から冷《ひ》やアセが噴《ふ》き出《だ》しちゃう。

このままじゃ、せっかくまとまりかけてた関東《かんとう》が、バラバラに……！

東京君《とうきょうくん》はちらりと私《わたし》を見《み》た。

その目《め》が、「今《いま》こそあの約束《やくそく》をはたせ」って言《い》ってる！

「――み、みんな、仲良《なかよ》くしましょっ？　埼玉君《さいたまくん》が南《みなみ》でも北《きた》でもいいじゃないですか。七人全員《しちにんぜんいん》で関東《かんとう》です。ほら、茨城君《いばらきくん》もよく言《い》うじゃないですか。『宇宙《うちゅう》にくらべれば、ささいな問題《もんだい》です』って。今《いま》こそ、みんなで仲良《なかよ》くなれたらいいなんて思《おも》ったりして……」

みんなの白々《しらじら》とした視線《しせん》にさらされて、私《わたし》は声《こえ》がだんだん小《ちい》さくなっていく。

栃木君《とちぎくん》がにーっこりと笑《わら》った。

「ほずちゃん。ボクたちは、球技大会《きゅうぎたいかい》の話《はなし》をしてんの♡」

「はいっ、そうでしたよね！」

「……みんな、ごめんってば……」

埼玉君《さいたまくん》は、またうつむいちゃう。

六人《ろくにん》は利根川《テーブル》をはさんでにらみ合《あ》う。

そのみんなの顔《かお》が、カッと白《しろ》い光《ひかり》に照《て》らしだされた。

えっ、なに⁉

バリバリバリッと天《てん》を割《わ》るような音《おと》がとどろいた。

「か、雷《かみなり》っ！」

肩《かた》を縮《ちぢ》めた瞬間《しゅんかん》——、照明《しょうめい》がフッと消《き》えた。

「！」

みんなの顔《かお》が、闇《やみ》にのまれて見《み》えなくなる。

窓《まど》から吹《ふ》きこむ風《かぜ》に、急《きゅう》に雨《あめ》のにおいがまざった。そう思《おも》うや否《いや》や、重《おも》たい雨《あめ》が庭《にわ》の地面《じめん》にたたきつけ始《はじ》める。

「今《いま》の今《いま》まで、雨《あめ》の気配《けはい》なんてなかったのに……」

「ブレーカーを見《み》てくる」

真《ま》っ暗《くら》な中《なか》、東京君《とうきょうくん》がリビングを出《で》て行《い》った。

みんなは雷《かみなり》にケンカの勢《いきお》いをそがれたらしい。

「もういいや。埼玉《さいたま》は明日《あした》の朝《あさ》までに、テニスか卓球《たっきゅう》か決《き》めとけよ」

「……うん、わかったよ。みんなごめんね」

千葉君《ちばくん》と埼玉君《さいたまくん》が言葉《ことば》をかわしたのを最後《さいご》に、それぞれ部屋《へや》へもどっていく。

どうやら雷《かみなり》に助《たす》けられたみたいだ。

スマホを見《み》たら、「関東一帯《かんとういったい》に急激《きゅうげき》なスコール」って、災害速報《さいがいそくほう》まで流《なが》れてきた。

でも、七人《しちにん》がケンカしてバチバチしたとたんに、関東《かんとう》で災害発生《さいがいはっせい》？

そんなタイミングのいい事《こと》ってある？

……東京君《とうきょうくん》が、早《はや》く仲良《なかよ》しにさせないと、大変《たいへん》な事《こと》が起《お》こるって言《い》ってたよね。

この関東《かんとう》にかぎっての、とつぜんの嵐《あらし》は、みんながケンカしたせい？

大変《たいへん》な事《こと》って、まさか「災害《さいがい》」とか？

都道府県男子《とどうふけんだんし》の感情《かんじょう》が、リアルに、自分《じぶん》の県《けん》の土地《とち》とつながってる!?

いやいやっ。ラクガキから生《う》まれた人《ひと》たちだよ？　そんな大規模《だいきぼ》な話《はなし》じゃない、よね？

「大丈夫《だいじょうぶ》か？」

「ギャッ！」

すぐ真後《まうし》ろで響《ひび》いた声《こえ》に、私《わたし》は悲鳴《ひめい》を上《あ》げた。

東京君《とうきょうくん》の顔《かお》が、懐中電灯《かいちゅうでんとう》の明《あ》かりにぼんやり浮《う》き上《あ》がってる。

「オバケじゃねぇよ。ブレーカーを上《あ》げてもダメだった。近所《きんじょ》も停電《ていでん》してるな。ほずみは暗《くら》いと見《み》えないだろ。電気《でんき》がもどるまで、これ使《つか》ってな」

ぽんと懐中電灯《かいちゅうでんとう》を渡《わた》されて、私《わたし》は急《いそ》いでうなずく。

でも、さっき浮《う》かんできた考《かん》えが、頭《あたま》から離《はな》れない。

「ほずみ？　部屋《へや》まで送《おく》ってってやろうか」

「やっ、大丈夫《だいじょうぶ》です。今《いま》、懐中電灯《かいちゅうでんとう》を借《か》りたんで」

「電気《でんき》がつくまで、リビングで、俺《おれ》が一緒《いっしょ》に時間《じかん》つぶしててもいいけど」

「私《わたし》は部屋《へや》でネームをやるつもりなんですが……、なにか用事《ようじ》ありますか？」

私《わたし》はきょとんとして目《め》を瞬《またた》き、東京君《とうきょうくん》も「あれ？」って顔《かお》になった。

「暗《くら》いのが怖《こわ》いんじゃねぇの？」

「特《とく》には？」

みんなのケンカと「大変《たいへん》な事《こと》」の関連性《かんれんせい》を考《かんが》えてただけで……。

首《くび》をかしげたあとで、私《わたし》はハッとした。

「あっ、心配《しんぱい》してくれたんですかっ？　すみませんせっかくなのに気《き》づかなくて」

「……いーえ。お強《つよ》いことで、なによりデス」

東京君《とうきょうくん》は目《め》をすわらせたあとで、私《わたし》の頭《あたま》にポンと手《て》を置《お》いた。

そういえば私《わたし》、おばさんちで暮《く》らすようになった最初《さいしょ》のうちは、雷《かみなり》の日《ひ》なんて、「早《はや》く帰《かえ》って来《き》てくれないかなぁ」って、ずっとソワソワしてた気《き》がする。

でも、停電《ていでん》も虫《むし》の出現《しゅつげん》も、セールスの突撃《とつげき》だって、一人《ひとり》でどうにかしなきゃだったから、そのうち慣《な》れちゃった。

なのに、つむじに残《のこ》った東京君《とうきょうくん》の手《て》の重《おも》さが、みょうにうれしい。

私《わたし》は彼《かれ》にふへっと笑《わら》った。

「じゃ、私《わたし》はネームにもどりますね」

頭《あたま》を下《さ》げて撤収《てっしゅう》しようとしたら、東京君《とうきょうくん》が立《た》ちあがった。

「やっぱり送《おく》る。あんたが階段《かいだん》から転《ころ》げ落《お》ちたら、こんな嵐《あらし》の中《なか》で、病院《びょういん》連《つ》れて行《い》くのもメンドーだし」

「えええ」

階段《かいだん》をのぼる私《わたし》の後《うし》ろから、東京君《とうきょうくん》がついて来《き》てくれる。

すぐ後《うし》ろに、私《わたし》を気《き》づかってくれる人《ひと》の気配《けはい》がある。なんだか、胸《むね》がジワッとあったかくなっちゃった。

「ケンカのほう、私《わたし》は結局《けっきょく》なんの役《やく》にも立《た》てなくて、申《もう》し訳《わけ》なかったです」

「そんなコトない。ほずみの前《まえ》だから、みんなのキレ方《かた》が五割《ごわり》引《び》きだった」

「ふふ、スーパーの特売《とくばい》みたい」

私《わたし》たちはちょっと笑《わら》い、部屋《へや》の前《まえ》で「おやすみ」と言《い》い合《あ》った。

懐中電灯《かいちゅうでんとう》を天井《てんじょう》からぶらさげて、ネームに取《と》り組《く》んでたけど——。

どうしても、埼玉君《さいたまくん》のうなだれた姿《すがた》が、白《しろ》い紙《かみ》の上《うえ》にチラついちゃう。

ネームを考《かんが》えてるはずが、気《き》づいたら、哀《かな》しげな埼玉君《さいたまくん》を描《か》いちゃってた。

……あんな風《ふう》にみんなから責《せ》められて、いたたまれなかったよね。

今《いま》、どんな気持《きも》ちでいるんだろ。もし一人《ひとり》で泣《な》いてたら、どうしよう。

そう思《おも》ったらソワソワしちゃって、ネームは進《すす》まないのに、時計《とけい》の針《はり》は進《すす》んでいく。

埼玉君《さいたまくん》の部屋《へや》は、リビングの奥《おく》だ。冷蔵庫《れいぞうこ》に飲《の》みものを取《と》りに行《い》くついでに、ちょっとだけ、そ〜っと様子《ようす》をうかがってみる?

私《わたし》は二階《にかい》のコたちに気《き》づかれないよう、足音《あしおと》を忍《しの》ばせてリビングに下《お》りた。

懐中電灯《かいちゅうでんとう》で照《て》らしたリビングは、人気《ひとけ》がない。

窓《まど》のカーテンの向《む》こうでは、あいかわらず雨風《あめかぜ》がうなってるみたいだ。

埼玉君《さいたまくん》の部屋《へや》のほうからは、泣《な》き声《ごえ》らしきものは聞《き》こえない。

私《わたし》はテーブルのわきをすりぬけて、抜《ぬ》き足差《あしさ》し足《あし》、忍《しの》び足《あし》。

呼吸《こきゅう》も止《と》めて、ふすまに耳《みみ》をそばだてると——、
ガラッ。

ちょうどぴったりのタイミングで、ふすまが開《ひら》いた！

「ヒャッ！」

「わぁっ⁉　オバケ！」

とうとつに出《で》てきた埼玉君《さいたまくん》が、その場《ば》で腰《こし》をぬかした。

「ご、ごめん、オバケじゃなくて、千代原《ちよはら》ほずみです」

「千代原《ちよはら》さんかぁ……。おったまげたぁ」

思《おも》わずフルネームで名乗《なの》った私《わたし》に、彼《かれ》は座《すわ》りこんだまま顔《かお》をあげる。

前髪《まえがみ》が流《なが》れて素顔《すがお》が見《み》えそうになったけど、その前《まえ》に、サッと立《た》ちあがられちゃった。

「オレになにか用《よう》だった？」

「う、ううん。飲《の》みものをもらいに来《き》たとこでして」

「飲《の》みもの？」

埼玉君《さいたまくん》は、私《わたし》と、私《わたし》の背中《せなか》ごしの冷蔵庫《れいぞうこ》を見《み》くらべた。

……………ハイ。冷蔵庫《れいぞうこ》を通《とお》りすぎて、両手《りょうて》はカラで、不自然《ふしぜん》だよね。

こっそりのぞきに来《き》たのが、バレバレだ。

変《へん》なアセをしたたらせる私《わたし》に、埼玉君《さいたまくん》はしばらくだまってた。

「あのね。明日《あした》はテニスで出《で》ることにしたんだ。もう決《き》めたから、大丈夫《だいじょうぶ》だよ」

「そうなんですか？　ええと、東京君《とうきょうくん》と仲良《なかよ》しだから？」

「これで決《き》めた」

彼《かれ》はポケットに手《て》を入《い》れて、なにか取《と》り出《だ》す。

懐中電灯《かいちゅうでんとう》を手《て》のひらに向《む》けると、古《ふる》びたコインだ。

五円玉《ごえんだま》に似《に》てるけど、穴《あな》が四角《しかく》くて、まわりに漢字《かんじ》が刻《きざ》まれている。

「優柔不断《ゆうじゅうふだん》すぎて決《き》められないから、コイン占《うらな》いしちゃった。投《な》げて表《おもて》ならテニス、裏《うら》なら卓球《たっきゅう》にしようって。これ、**和同開珎《わどうかいちん》**。埼玉《さいたま》の銅《どう》から作《つく》られた、日本初《にほんはつ》のコインだよ」

「へーっ。日本初《にほんはつ》のコインって、埼玉県《さいたまけん》すごいじゃないですか。歴史《れきし》があるんですね」

「う、うん。……そ、そうなのかな？」

——と、あれ？　埼玉君《さいたまくん》の口《くち》もとが、ちょっと笑《わら》ってる。

笑《わら》えてるなら、もう大丈夫《だいじょうぶ》そうなのかな？

「千代原《ちよはら》さん、炭酸《たんさん》は飲《の》める？」

「飲《の》めますけど……」

彼《かれ》は私《わたし》の横《よこ》をスイッと通《とお》りすぎて、冷蔵庫《れいぞうこ》を開《あ》けた。

「一本《いっぽん》もらって。埼玉《うち》のご当地《とうち》コーラをたくさん買《か》ったのに、だれも飲《の》まないんだ」

キンキンに冷《ひ》えたビンを差《さ》し出《だ》された。

「いいの？　ありがとうございます」

「だって、千代原《ちよはら》さんは、飲《の》みものを取《と》りに来《き》たんだもんね？」

彼《かれ》にはめずらしい、ちょっとからかうような口調《くちょう》。

私《わたし》は苦笑《にがわら》いで受《う》けとる。

「千代原《ちよはら》さん、……あんがと。冷蔵庫《れいぞうこ》に入《はい》ってるコーラは、いつでも飲《の》んで」

埼玉君《さいたまくん》はりちぎに頭《あたま》をさげて、自分《じぶん》の部屋《へや》へもどっていく。

私《わたし》は手《て》をふって、ふすまが閉《し》まるのを見守《みまも》ってから、三階《さんかい》へもどった。

今《いま》の「あんがと」はたぶん、コーラを受《う》けとったことにじゃなくて、心配《しんぱい》したことに、かな？　いらないお節介《せっかい》だったと思《おも》うのに、埼玉君《さいたまくん》はいい人《ひと》だ。

階段《かいだん》をのぼりながら、口角《こうかく》が持《も》ち上《あ》がる。

私《わたし》もさっき東京君《とうきょうくん》に、「心配《しんぱい》してくれたのに、気《き》づかなくてすみません」じゃなくて「ありがとう」って言《い》えばよかったな。

それにしても、埼玉君《さいたまくん》、明日《あした》はテニスチームに行《い》くのかぁ……。

東京君《とうきょうくん》はオトナな態度《たいど》で受《う》けいれてくれそうだけど、神奈川君《かながわくん》はイヤミ言《い》いそうだし、千葉君《ちばくん》は「ゲーッ！」とか、直球《ちょっきゅう》の反応《はんのう》をしそうだ。

なにか、スル～ッとうまくいくような方法《ほうほう》はないかなぁ。

みんながもっと、埼玉君《さいたまくん》を尊重《そんちょう》してくれればいいんだけど。

私《わたし》はタブレットを起動《きどう》して、「埼玉県《さいたまけん》」「一位《いちい》」のキーワードで検索《けんさく》してみる。

関東《かんとう》メンバーがアッと驚《おどろ》いて、埼玉君《さいたまくん》を見直《みなお》しちゃうような情報《じょうほう》はないかな。

えーと。段《だん》ボールの出荷額《しゅっかがく》が日本一《にほんいち》。

日本《にほん》で一番《いちばん》デッカい、ショッピングセンター「イオン」がある。

海《うみ》なし県《けん》で平坦《へいたん》な地形《ちけい》が多《おお》いから、夏《なつ》の熊谷市《くまがやし》は、日本《にほん》で一番暑《いちばんあつ》い街《まち》として有名《ゆうめい》。

「ううう、地味《じみ》だぁ……」

検索結果《けんさくけっか》を目《め》で追《お》いながら、もらったコーラの栓《せん》を開《あ》ける。

グビッとあおって――、ノドに流《なが》れこんできた予想外《よそうがい》の味《あじ》に、思《おも》いっきり噴《ふ》いた！

「えっ、薬草《やくそう》!?」

ムセながらビンを確《たし》かめると、ラベルに「コーラ」って書《か》いてある。

けど、**狭山茶《さやまちゃ》コーラ**だって！

暗《くら》くて気《き》づかなかったけど、懐中電灯《かいちゅうでんとう》で照《て》らしてみたら、ビンの中身《なかみ》は抹茶《まっちゃ》みたいな濃《こ》い緑《みどり》。コーラの色《いろ》じゃない！

口《くち》の中《なか》に、あまい青汁風《あおじるふう》の味《あじ》が残《のこ》ってる。

おっかなびっくりもう一口《ひとくち》飲《の》んでみると、最初《さいしょ》にコーラ、次《つぎ》に粉末《ふんまつ》の青汁《あおじる》、そしてのどに広《ひろ》がるしゅわしゅわ。

「なにこれぇ……っ」

埼玉君《さいたまくん》、自己主張《じこしゅちょう》はひかえめなのに、狭山茶《さやまちゃ》コーラの主張《しゅちょう》は強《つよ》すぎる。

一人《ひとり》でプッと笑《わら》いながら、タブレットを指《ゆび》でスライドする。

そこで目《め》に飛《と》びこんできた文字《もじ》のならびに、私《わたし》はアッと前《まえ》のめりになった。

「これだ！」

私《わたし》はスケッチブックを開《ひら》き、勢《いきお》いよくペンを走《はし》らせはじめた。

❽ 埼玉君《さいたまくん》②

次《つぎ》の日《ひ》の、朝食《ちょうしょく》の席《せき》。

天気《てんき》も電気《でんき》も回復《かいふく》したのに、リビングの空気《くうき》はサイアクだ。

「埼玉《さいたま》、テニスに入《はい》んの？　でもおまえ、北関東《あっち》の仲間《なかま》なんだろ」

「南関東《こっち》は人数《にんずう》たりないぶん、東京《とうきょう》が二回出《にかいで》ることになってるんだよね。気《き》は遣《つか》わなくていいから、自分《じぶん》の仲間《なかま》のとこに行《い》ったら」

千葉君《ちばくん》と神奈川君《かながわくん》は予想《よそう》どおりに冷《ひ》ややかだ。

埼玉君《さいたまくん》は、朝《あさ》ごはんのおむすびを食《た》べもせず、両手《りょうて》をひざに置《お》いて凍《こお》りついてる。

「あ、あの！　ちょっといいですかっ」

私《わたし》は右手《みぎて》を高《たか》くあげ、みんなの注目《ちゅうもく》を集《あつ》めた。

そして、どんっとテーブルにスケッチブックを置《お》く。

「――これは、むかーしむかし、大昔《おおむかし》のお話《はなし》です」

ぽかんとするみんなをスルーして、私《わたし》はスケッチブックをめくり、勝手《かって》に紙《かみ》しばいを始《はじ》めた。

大昔《おおむかし》の南関東《みなみかんとう》は、「无邪志《むざし》」「胸刺《むなさし》」「知々夫《ちちぶ》」という、三《みっ》つの国《くに》に分《わ》かれていました。

「无邪志《むざし》」は、今《いま》の東京《とうきょう》と埼玉《さいたま》の一部《いちぶ》です。

埼玉《さいたま》で銅《どう》が発見《はっけん》され、日本《にほん》オリジナルのコインが初《はじ》めて作《つく》られるようになったころ。

この三《みっ》つの国《くに》が合体《がったい》して、関東《かんとう》に広《ひろ》がるデッカい国《くに》、『武蔵国《むさしのくに》』になりました。

今《いま》の地図《ちず》で言《い》うなら、東京《とうきょう》と埼玉《さいたま》に、神奈川《かながわ》の横浜《よこはま》と川崎《かわさき》が合体《がったい》したのです。


「ということは！」

私《わたし》はテーブルのみんなを見《み》まわす。

「埼玉君《さいたまくん》と東京君《とうきょうくん》と神奈川君《かながわくん》は、いわば**三《み》つ子《ご》的《てき》な関係《かんけい》**なんですよ。そんな仲良《なかよ》しトリオなら、テニスチームで一緒《いっしょ》になるのも、とっても自然《しぜん》なことだと思《おも》いませんかっ？」

北関東《きたかんとう》たちが、「へぇ〜っ」と目《め》をぱちぱちさせる。

だけど当《とう》の〝三《み》つ子《ご》たち〟は、静《しず》まり返《かえ》って、スケッチブックを見《み》つめたまま。

まだもう一押《ひとお》したりない……!?

私《わたし》はすかさず次《つぎ》のページをめくる。

「あのっ。現代《げんだい》では首都《しゅと》が東京《とうきょう》だから、他《ほか》のみんなは〝東京《とうきょう》のまわりの県《けん》〟っていうイメージですがっ。『武蔵国《むさしのくに》』の時代《じだい》は、**埼玉《さいたま》がリーダー**だったんですよね！」

群馬君《ぐんまくん》が目《め》をまん丸《まる》にして、埼玉君《さいたまくん》に顔《かお》を向《む》けた。

「埼玉《さいたま》がリーダーだった？　ほんとに？　そんなころあったっけ？」

「はい！　その証拠《しょうこ》に、今《いま》も埼玉県《さいたまけん》の大宮《おおみや》にある氷川神社《ひかわじんじゃ》は、当時《とうじ》のまま、すごく格《かく》の高《たか》い神社《じんじゃ》です。昭和時代《しょうわじだい》に発見《はっけん》された稲荷山古墳《いなりやまこふん》は、当時《とうじ》の権力者《けんりょくしゃ》が埼玉《さいたま》にいたっていう、歴史的事実《れきしてきじじつ》を語《かた》ってるんですよ。ね、埼玉君《さいたまくん》っ」

「あ、あ、うん……」

「そのころの武蔵国《むさしのくに》では、**逆《ぎゃく》に東京《とうきょう》のほうが田舎《いなか》**だったらしいです。川《かわ》がしょっちゅう氾《はん》らんするせいで、大湿地帯《だいしっちたい》で。埼玉《さいたま》のほうが、ずっと進《すす》んでる都会《とかい》だったんです。つまり、古代《こだい》のリーダー・埼玉《さいたま》がいなかったら、今《いま》の関東地方《かんとうちほう》はなかったというコト！」

だから、ダサイタマなんて、バカにされる理由《りゆう》はないっ。

これが私《わたし》のリサーチの結論《けつろん》だ。

ふふふ、いつもマンガのために情報集《じょうほうあつ》めしてるから、こういうのは得意《とくい》なんだっ。

私《わたし》は寝《ね》ぶそくの目《め》を細《ほそ》めて、にっこり笑《わら》ってみせる。

……と。埼玉君《さいたまくん》は、どうしたことか、カタカタと震《ふる》えている。

ほかのみんなは冷《ひ》えた目《め》を、――どうしたのか、**東京君**《とうきょうくん》に向《む》けてる。

あ、あれ？

千葉君《ちばくん》が腕組《うでぐ》みして、鼻《はな》を鳴《な》らした。

「そーなんだよな。考《かんが》えてみりゃ、東京《とうきょう》が有名《ゆうめい》になったのって、せいぜい江戸時代《えどじだい》くらいだろ？　意外《いがい》と歴史《れきし》は浅《あさ》いんだよ」

「いつから有名《ゆうめい》かなんて、宇宙《うちゅう》を前《まえ》にすれば、ちっぽけな話《はなし》ですけど。茨城《いばらき》も古代《こだい》から評判《ひょうばん》がよかったんですよ。昔《むかし》は『常陸国《ひたちのくに》』と呼《よ》ばれていましたけど、あの国名《こくめい》は、『豊《ゆた》かな理想《りそう》の国《くに》』という意味《いみ》ですからね。今《いま》だって、東京《とうきょう》よりずっと資源《しげん》に恵《めぐ》まれています」

「神奈川《オレ》だって、鎌倉幕府《かまくらばくふ》のころは将軍《しょうぐん》が住《す》んでて、京都《きょうと》よりも権力持《けんりょくも》ってたしな。東京《とうきょう》よりずっと先《さき》に、〝日本《にほん》の中心《ちゅうしん》〟をやってたセンパイなんだよ」

急《きゅう》にみんな、東京《とうきょう》をサゲ始《はじ》めた……っ。

私《わたし》は自分《じぶん》の失敗《しっぱい》に気《き》がついて、血《ち》の気《け》が引《ひ》いた。

私《わたし》が、東京《とうきょう》は田舎《いなか》だったなんて言《い》ったからだ。

栃木君《とちぎくん》と群馬君《ぐんまくん》もうなずきあう。

「ぼくら毛野国《けのくに》だって、豊《ゆた》かだったもんね〜」

「東京《とうきょう》って、いつも『俺《おれ》は特別《とくべつ》！』って顔《かお》してるけど。歴史的《れきしてき》には、ボクらのほうがずっとエラいんじゃない？」

「あ、あの、みんな。私《わたし》が言《い》いたかったのは、そういう話《はなし》じゃなくて……っ」

神奈川君《かながわくん》は私《わたし》の仲裁《ちゅうさい》をさえぎって、ハハッと笑《わら》った。

「東京《とうきょう》ってさ、前《まえ》は湿地帯《しっちたい》で、湿《しめ》っぽい陰《いん》キャな土地《とち》だったもんな。でも近代《きんだい》で陽《よう》キャデビューしてから、めっちゃ都会《とかい》ぶってるからさぁ。そんなのすっかり忘《わす》れてたよ」

彼《かれ》は笑《わら》いながら東京君《とうきょうくん》の肩《かた》をたたく。

——すると。東京君《とうきょうくん》がガタッとイスから立《た》ちあがった。

そして私《わたし》たちを鋭《するど》い目《め》でにらみまわす。

「おまえらの世話《せわ》すんのが、バカバカしくなった。勝手《かって》にしろ」

「あ、東京君《とうきょうくん》！」

「東京《とうきょう》っ」

私《わたし》と埼玉君《さいたまくん》は腰《こし》を浮《う》かせる。

だけど彼《かれ》はカバンをつかんで、そのまま玄関《げんかん》を出《で》て行《い》っちゃった。

バタンッと、いつもより大《おお》きい音《おと》でドアが閉《し》まる。

「カッとなって、**ヒートアイランド現象《げんしょう》**でしょうか……」

茨城君《いばらきくん》が興味深《きょうみぶか》そうにつぶやく。

ヒートアイランド現象《げんしょう》とは、夏《なつ》にビルや地面《じめん》のアスファルトのせいで熱《ねつ》がこもって、気《き》温《おん》が上《あ》がってしまう現象《げんしょう》のこと。東京《とうきょう》は百年《ひゃくねん》で三度以上《さんどいじょう》も気温《きおん》が上《あ》がっています。

「やべ、怒《おこ》らせちゃった？」

神奈川君《かながわくん》はばつが悪《わる》そうに髪《かみ》をかきあげた。

「神奈川《かながわ》がよけいなコト言《い》うからだよー！　どうすんだよ。東京《とうきょう》が働《はたら》いてくんないと、なんにも回《まわ》んないのにさっ」

「群馬《ぐんま》だって、自分《じぶん》たちのほうがエラいとか言《い》ってたじゃんか」

神奈川君《かながわくん》と群馬君《ぐんまくん》がやり合《あ》いだした。

それにつられて、他《ほか》のみんなも「おまえのせいだ」「いやそっちのせいだ」って、もう収拾《しゅうしゅう》がつかない。

「……どうしよう……」

私《わたし》がよけいなコトをしたせいだ。

いつも仲裁《ちゅうさい》に回《まわ》るほうの東京君《とうきょうくん》が、あんなに怒《おこ》ったのなんて初《はじ》めて見《み》た。

私《わたし》、埼玉《さいたま》をアゲなきゃってことに夢中《むちゅう》で、東京《とうきょう》をサゲるような言《い》い方《かた》するなんて、最低《さいてい》じゃん。怒《おこ》るのも当《あ》たり前《まえ》だよ。

——こ、このままじゃダメだっ！

私《わたし》はやっと体《からだ》を動《うご》かして、自分《じぶん》のカバンを引《ひ》っつかみ、廊下《ろうか》へ飛《と》び出《だ》す。

「埼玉君《さいたまくん》、ごめんなさい！　私《わたし》、東京君《とうきょうくん》にあやまってくる！」

私《わたし》はリビングに声《こえ》を投《な》げて、大《おお》あわてで外《そと》に駆《か》けだした。


今日《きょう》は球技大会《きゅうぎたいかい》だから、体操着《たいそうぎ》に着《き》がえてから、校庭《こうてい》での出欠確認《しゅっけつかくにん》なんだ。

私《わたし》は通学路《つうがくろ》で東京君《とうきょうくん》に追《お》いつけず、学校《がっこう》での彼《かれ》は、学級委員《がっきゅういいん》の仕事《しごと》でバタバタ。

そのまま話《はな》せないでいる。

遠目《とおめ》に視線《しせん》は合《あ》ったのに、ぷいっと顔《かお》をそむけられちゃって……。

冷《つめ》たい態度《たいど》に、私《わたし》はトゲが刺《さ》さったみたいに、リアルに心臓《しんぞう》が痛《いた》かった。

その後《ご》、声《こえ》をかけに行《い》く勇気《ゆうき》を出《だ》せないうちに、大会《たいかい》が始《はじ》まっちゃったんだ。

……あれはやっぱり、怒《おこ》ってたんだよね。

昨日《きのう》、彼《かれ》が懐中電灯《かいちゅうでんとう》をくれた時《とき》の優《やさ》しい顔《かお》を思《おも》い出《だ》しちゃって、ますます申《もう》し訳《わけ》なくなる。

あんなに親切《しんせつ》にしてくれたのに、私《わたし》はその恩《おん》をアダで返《かえ》したんだよ。

今日《きょう》は快晴《かいせい》のはずだったのに、空《そら》は灰色《はいいろ》の雲《くも》が立《た》ちこめてる。

──私《わたし》のこと、嫌《きら》いになったよね。

暗《くら》い色《いろ》の空《そら》を見上《みあ》げながら、ふと頭《あたま》に浮《う》かんできた考《かんが》えに、自分《じぶん》で驚《おどろ》いちゃった。

いやっ、好《す》かれてたなんて図々《ずうずう》しい事《こと》は考《かんが》えてないけど、そうじゃなくて、もう学校《がっこう》でも寮《りょう》でも、今《いま》までみたいに、関《かか》わってきてくれなくなるのかな……って。

そう考《かんが》えたら、心臓《しんぞう》がギュッと苦《くる》しくなった。

今《いま》まで私《わたし》は、だれかに嫌《きら》われても引《ひ》かれても、「私《わたし》にはマンガがあるんだから」って、それほど気《き》にしてなかった。

……なのに、東京君《とうきょうくん》を怒《おこ》らせちゃって、しかも嫌《きら》われてたらって考《かんが》えたら、心臓《しんぞう》がバクバクする。

なんでなんだろう。私《わたし》、勝手《かって》に東京君《とうきょうくん》を友達《ともだち》だと思《おも》い始《はじ》めてたのかな。

だから、東京君《とうきょうくん》を傷《きず》つけたことが、こんなにしんどいの？

各種目《かくしゅもく》の競技《きょうぎ》は、私《わたし》のヘコみきったテンションなんて無関係《むかんけい》に、にぎやかに進行《しんこう》してる。

ドッジボールの私《わたし》のチームは、予想《よそう》どおりの初戦敗退《しょせんはいたい》。

開始三十分《かいしさんじゅっぷん》で、終了時刻《しゅうりょうじこく》まで自由《じゆう》の身《み》になっちゃった。

「あやまりに行《い》く……？」

東京君《とうきょうくん》は今《いま》、本部《ほんぶ》のある放送室《ほうそうしつ》にいると思《おも》うんだ。

だけど放送室《ほうそうしつ》に乱入《らんにゅう》してあやまるなんて、迷惑《めいわく》でしかないよね。

ちゃんと話《はな》せるタイミングは、大会《たいかい》が終《お》わってからかな。

「埼玉君《さいたまくん》はどうしてるだろ」

彼《かれ》をさがしに体育館《たいいくかん》から出《で》たところで、渡井《わたい》さんに声《こえ》をかけられた。自販機《じはんき》へお茶《ちゃ》を買《か》いに行《い》くんだって。

「千代原《ちよはら》ちゃん、特別《とくべつ》クラスのコたちってホントにすっごいね！　ほら、あれ見《み》て。全種目《ぜんしゅもく》で快進撃《かいしんげき》だよ」

渡井《わたい》さんは小走《こばし》りに、朝礼台《ちょうれいだい》まで走《はし》っていく。

私《わたし》も追《お》いかけると、トーナメント表《ひょう》が貼《は》り出《だ》されてた。

バスケでは、沖縄君《おきなわくん》が率《ひき》いる特別《とくべつ》クラスが勝《か》ち進《すす》んでる。

卓球《たっきゅう》もテニスも、特別《とくべつ》クラスの出場回《しゅつじょうかい》には、勝《か》ったクラスにつけられる赤《あか》い花《はな》が、ずらりと飾《かざ》られてる。

テニスの試合順《しあいじゅん》を指《ゆび》でたどると――、埼玉君《さいたまくん》の名前《なまえ》は、まだずいぶん先《さき》だ。

千葉君《ちばくん》と神奈川君《かながわくん》のペアの後《あと》に、東京君《とうきょうくん》とダブルスで出場《しゅつじょう》するらしい。

よりによって東京君《とうきょうくん》とペアなんて……、埼玉君《さいたまくん》はきっと胃《い》がキリキリしてるよね。

「芸能人《げいのうじん》ってスポーツもできるんだね。スゴいなぁ～」

渡井《わたい》さんがとなりで、しみじみうなずく。私《わたし》は目《め》が点《てん》になった。

……あっ、そっか！　ウワサでは、都道府県男子《とどうふけんだんし》たちがアイドルの卵《たまご》で、私《わたし》は芸能事《げいのうじ》務所《むしょ》のバイトとして、彼《かれ》らのお世話《せわ》をしてる――みたいな話《はなし》になってたんだっけ。

おかげでファンの女子《じょし》にやっかまれずにすんでるけど、そういえば、このウワサって、どこから発生《はっせい》したんだろう？

一気《いっき》にいろんなコトを考《かんが》えてたら、渡井《わたい》さんが申《もう》し訳《わけ》なさそうに眉《まゆ》をさげた。

「ごめん。こういう話《はなし》もしちゃダメだった？　東京君《とうきょうくん》が、みんなにクギ刺《さ》してたんだっ

て。『千代原《ちよはら》は仕事《しごと》で特別《とくべつ》クラスに入《はい》ったんだから、そっとしといてやって』って

「へっ？　あっ、そうだったんだ」

私《わたし》はゴクリとノドを鳴《な》らした。

ウワサの出所《でどころ》は、東京君《とうきょうくん》だったんだ。

そういえば初日《しょにち》、女子《じょし》に囲《かこ》まれた私《わたし》を心配《しんぱい》して、追《お》いかけてきてくれたもんね。「なんかあったら相談《そうだん》していい」とまで言《い》ってくれて。

私《わたし》はなんにも言《い》わなかったのに、だまってこっそりフォローしてくれてたんだ。そのおかげで、私《わたし》は思《おも》いのほか平和《へいわ》にすごせてたのか……。

そんな優《やさ》しさをくれてた東京君《とうきょうくん》に、ひどい事《こと》をしちゃったなぁって、ますます悲《かな》しくなってくる。

やっぱり、このままじゃイヤだよ……っ。

「渡井《わたい》さんっ。私《わたし》、テニス観《み》に行《い》ってくる！」

「いってらっしゃーい」

東京君《とうきょうくん》は、この後《あと》、試合《しあい》に出《で》るためにテニスコートに来《く》るだろうし、埼玉君《さいたまくん》も近《ちか》くでスタンバイしてるはずだ。

私《わたし》は全力《ぜんりょく》ダッシュでコートへ向《む》かった。


埼玉君《さいたまくん》は、テニスコート近《ちか》くの芝生《しばふ》に、ぽつんと座《すわ》ってた。

ひざを抱《かか》えてうつむいてるから、寝《ね》てるのかなと思《おも》ったけど、さすがに起《お》きてたみたい。

「あっ、朝《あさ》はごめんね」

同時《どうじ》に同《おな》じ言葉《ことば》を口《くち》にしちゃって、おたがいに苦笑《にがわら》いが浮《う》かぶ。

「私《わたし》がよけいなコトして、東京君《とうきょうくん》まで怒《おこ》らせちゃったから。ごめんなさい」

「千代原《ちよはら》さんがあやまることないよ。オレが居眠《いねむ》りしてなきゃ、なんにも問題《もんだい》は起《お》きなかったんだ。優柔不断《ゆうじゅうふだん》のせいで、みんなをイライラさせちゃうのも、しょっちゅうだしさ……」

埼玉君《さいたまくん》は頭《あたま》を起《お》こして、私《わたし》のほうを見《み》る。

目《め》は髪《かみ》で隠《かく》れて見《み》えないけど、たぶん、ほほ笑《え》んでる。

自分《じぶん》のコトを、心底情《しんそこなさ》けないなぁって思《おも》って、哀《かな》しくなってる笑顔《えがお》だ。

この笑《わら》い方《かた》を知《し》ってる気《き》がして、私《わたし》はとっさに返事《へんじ》できなかった。

……なんだっけって考《かんが》えたら、タツキおばさんといる時《とき》の私《わたし》だ。

「まだ、芽《め》の出《で》ないマンガにこだわってるの？　いいかげんにしたら？」って言《い》われて、やめたほうがいいのはわかってるのに、「やめるね」とも言《い》いきれなかった時《とき》の、私《わたし》。

それに気《き》づいたら、ますます言葉《ことば》が出《で》てこなくなる。

「千代原《ちよはら》さんは優《やさ》しいね。オレを助《たす》けるつもりで、あの紙《かみ》しばいを用意《ようい》してくれてたんでしょ？　ビックリした。うれしかったよ」

「そ、そんな。むしろ裏目《うらめ》に出《で》ちゃったから。私《わたし》、東京君《とうきょうくん》のプライドを傷《きず》つけるつもりなんてなかったんです。……小《ちい》さいころから、もっとちゃんと人《ひと》づきあいしてれば、あんなうっかりな失敗《しっぱい》はしなかったのかな……」

真剣《しんけん》に落《お》ちこむ私《わたし》に、埼玉君《さいたまくん》は急《きゅう》に「アハハッ」と声《こえ》を立《た》てて笑《わら》った。

「千代原《ちよはら》さんのうっかりなんて、ぜんぜんたいしたコトないよ。うちの寮《りょう》のみんな、失言《しつげん》がものすごいでしょ？　だれもあやまんないしね」

「た、たしかに、みんなの失言《しつげん》っぷりはスゴいですけど」

フェンスの向《む》こうで、試合中《しあいちゅう》のコートは大盛《おおも》りあがりだ。

放送《ほうそう》のアナウンスによると、今《いま》、三重君《みえくん》と奈良君《ならくん》のペアが試合《しあい》に出《で》たところみたい。

「次《つぎ》の次《つぎ》だ。東京《とうきょう》もそろそろ来《く》るかなぁ。あーあ、オレのせいで黒星《くろぼし》をつけちゃいそう」

「でも、東京君《とうきょうくん》はテニスも得意《とくい》なんじゃないですか？」

「だと思《おも》うけど、ダブルスの片方《かたほう》が役《やく》に立《た》たなかったら、さすがに厳《きび》しいよ。勝《か》ちあがってきたクラスは、テニス部《ぶ》の本気《ほんき》のメンバーを出《だ》してくるって。全国大会《ぜんこくたいかい》レベルの」

「ひぇえ……」

埼玉君《さいたまくん》の大《おお》きなため息《いき》に、私《わたし》はフォローのしようがない。

彼《かれ》はしばらく、体育座《たいいくずわ》りのひざにアゴをのせて、なにか考《かんが》えてたみたい。

その顔《かお》を、ふいに私《わたし》のほうへ向《む》けた。

「千代原《ちよはら》さん。東京《とうきょう》が昔《むかし》はジメジメしてた湿地帯《しっちたい》の田舎《いなか》だったたって話《はな》してたよね。でも、オレはだからこそ、東京《とうきょう》ってスゴいなぁって思《おも》うんだ」

「えっと……、どういうこと？」

「氾《はん》らんする川《かわ》の流《なが》れを変《か》えたり、人《ひと》が増《ふ》えたら、海《うみ》をうめたてて住《す》める場所《ばしょ》を増《ふ》やしたり。たくさん自分《じぶん》を改造《かいぞう》して、今《いま》みんながイメージする『東京《とうきょう》』になっていたんだ。関《かん》東大震災《とうだいしんさい》でも東京大空襲《とうきょうだいくうしゅう》でも、すごいダメージだったのに、力強《ちからづよ》く立《た》ち直《なお》ってきたでしょ？　オレは、東京《とうきょう》のそういう強《つよ》いところ、さすが『首都《しゅと》』なんだなって思《おも》うよ。東《とう》京《きょう》に人《ひと》が集《あつ》まって都会《とかい》になれたのも、ナットクだよね」

埼玉君《さいたまくん》の、静《しず》かな、そして真剣《しんけん》な声《こえ》の響《ひび》き。

私《わたし》は目《め》を瞬《またた》いて。埼玉君《さいたまくん》は、東京君《とうきょうくん》が大好《だいす》きなんだなぁって思《おも》った。

「あの。みんな都会《とかい》かどうかを気《き》にしてるけど、それって、そんなに大切《たいせつ》な事《こと》なんですか？」

私《わたし》からしたら、東京君《とうきょうくん》はきらきらしまくっててスゴいけど、埼玉君《さいたまくん》のおっとりした癒《い》やしの空気《くうき》も、ステキだと思《おも》う。

それぞれ別《べつ》の方向性《ほうこうせい》でキャラ立《だ》ちしてるのに、もったいない気《き》がする。

埼玉君《さいたまくん》が「シティボーイだぜ！」ってかんじになっても、解釈《かいしゃく》ちがいっていうか。

「う～ん……。あこがれはあるよね。都会《とかい》って、マンガでいうなら『主人公《しゅじんこう》』ってことだもの。埼玉《オレ》はどうしたって、脇役《わきやく》だもんなぁ」

彼《かれ》のくちびるは、またさっきみたいな、さびしい笑《え》みにゆがんでいく。

「わ、私《わたし》はねっ」

その笑《え》みを止《と》めたくて、私《わたし》はその場《ば》に立《た》ちあがった。

「私《わたし》は、マンガを描《か》く時《とき》、主人公《しゅじんこう》以外《いがい》だって、めっちゃ愛情《あいじょう》をこめて創《つく》ります。埼玉君《さいたまくん》のキャラクターをデザインした時《とき》だってそうでしたよっ。それに私《わたし》、埼玉君《さいたまくん》を見《み》かけるだけで、ほっこりしてます。寮《りょう》のみんなだって、ほんとは埼玉君《さいたまくん》に癒《い》やされてるんですよ。おだやかな埼玉君《さいたまくん》がいなかったら、関東寮《かんとうりょう》はもっと殺伐《さつばつ》としてるはずです」

私《わたし》は埼玉君《さいたまくん》の前《まえ》にひざをつく。

埼玉君《さいたまくん》は、驚《おどろ》いて後《うし》ろに身《み》を引《ひ》いた。

「だから自信《じしん》を持《も》って！　埼玉君《さいたまくん》は埼玉君《さいたまくん》でキャラ立《だ》ちしてて、ステキなんです！」

「オレが、ステキ？」

「はい！」

私《わたし》は手《て》を拳《こぶし》にして力説《りきせつ》する。

私《わたし》、埼玉君《さいたまくん》の事《こと》に必死《ひっし》すぎだよね。

でも、この人《ひと》が自信《じしん》を持《も》って、全力《ぜんりょく》で

笑《わら》ってくれたらいいのにって思《おも》っちゃう。

……そしたらいつか私《わたし》も、タツキおばさんの前《まえ》で、ちゃんと笑《わら》えるかもって気《き》がして。

埼玉君《さいたまくん》はあっけにとられた風《ふう》に口《くち》を開《あ》け、前髪《まえがみ》のすき間《ま》から、私《わたし》を見《み》つめる。

そこに、放送部《ほうそうぶ》からのアナウンスが流《なが》れた。

『特別《とくべつ》クラスの、埼玉《さいたま》さん。出場時間《しゅつじょうじかん》がせまっています。テニスコートに来《き》てください』

「埼玉君《さいたまくん》、呼《よ》ばれてますよっ？」

「あ、やべっ！　きっと東京《とうきょう》にさがされてるんだっ」

おしゃべりしてるあいだに、東京君《とうきょうくん》、もうコートに入《はい》っちゃった!?

私《わたし》たちはあわてて立《た》ちあがる。

続《つづ》けて、「千葉《ちば》・神奈川《かながわ》ペアが、三組《さんくみ》と引《ひ》き分《わ》けだった」って放送《ほうそう》が入《はい》った。フェンスの向《む》こうの歓声《かんせい》も、ひときわ大《おお》きくなる。

「もう次《つぎ》の出番《でばん》ですよっ。行《い》きましょ！」

バッと埼玉君《さいたまくん》をふり向《む》いた私《わたし》は、踏《ふ》みだしかけた足《あし》を止《と》めた。

彼《かれ》は前髪《まえがみ》をかきあげ、あらわになったその瞳《ひとみ》で、まっすぐに私《わたし》を見《み》つめてる。

「千代原《ちよはら》さん、そのヘアピン貸《か》してくれる？」

日《ひ》の光《ひかり》を透《す》かして、ガラス球《だま》みたいに輝《かがや》く丸《まる》い瞳《ひとみ》。

きめこまやかな肌《はだ》。職人《しょくにん》さんが丹精《たんせい》こめて一本一本《いっぽんいっぽん》植《う》えたような、繊細《せんさい》なまつ毛《げ》。

すっきりした、だけどあまい顔立《かおだ》ち。

埼玉君《さいたまくん》の、素顔《すがお》!

かわいいとキレイが共存《きょうぞん》する素顔《すがお》は、**まるでお人形《にんぎょう》さん**だ……!

「あ、は、はい」

私《わたし》はギクシャクしながら、ヘアピンを一本《いっぽん》抜《ぬ》いて、彼《かれ》の手《て》のひらにのせる。

埼玉君《さいたまくん》はそれで前髪《まえがみ》を横《よこ》にとめ、ニッと笑《わら》った。

「千代原《ちよはら》さんのおかげでヤル気《き》が出《で》た。がんばってくるね!」

「ウン、ガンバッテ!」

衝撃《しょうげき》のあまり、カタコトになっちゃった。

彼《かれ》はさわやかに笑《わら》い、コートへ走《はし》って行《い》く。

そういえば埼玉県《さいたまけん》って、人形《にんぎょう》の特産地《とくさんち》だったな……っ。

陣地《じんち》の前方《ぜんぽう》から攻《せ》めるのは、東京君《とうきょうくん》。後《うし》ろを守《まも》るのは、埼玉君《さいたまくん》。

対《たい》するは、私《わたし》が元《もと》いたクラスの二年三組《にねんさんくみ》。テニス部《ぶ》の全国大会出場選手《ぜんこくたいかいしゅつじょうせんしゅ》だ。

東京君《とうきょうくん》ってば、最初《さいしょ》は埼玉君《さいたまくん》のことをまるっきりアテにしてなくて、ぜんぶのボールを自分《じぶん》で取《と》りに行《い》ってたんだ。

だけど、相手《あいて》からのボールが、東京君《とうきょうくん》のサイドをぬけちゃった時《とき》――。

埼玉君《さいたまくん》がパンッと見事《みごと》なショットで、相手《あいて》の後衛《こうえい》まで打《う》ち返《かえ》した。

その後《ご》も、東京君《とうきょうくん》がボールを取《と》りこぼすたび、埼玉君《さいたまくん》は的確《てきかく》にフォローする。

自然《しぜん》と東京君《とうきょうくん》が前《まえ》に出《で》て、埼玉君《さいたまくん》が後《うし》ろを守《まも》るっていうペアの形《かたち》ができあがった。

「埼玉《さいたま》！」

「うん！」

相手《あいて》から飛《と》んできたボールを、東京君《とうきょうくん》が埼玉君《さいたまくん》にまかせる。

埼玉君《さいたまくん》はコートの左《ひだり》から右《みぎ》へ、ものすごい速《はや》さでダッシュ。

体育《たいいく》の時間《じかん》はサボって寝《ね》てばっかりだから、彼《かれ》が真剣《しんけん》に走《はし》ってるのは初《はじ》めて見《み》た。

私《わたし》は渡井《わたい》さんと一緒《いっしょ》になって、フェンスごしに、東京《とうきょう》・埼玉《さいたま》ペアへ声援《せいえん》を送《おく》る。

「すごいフットワークの軽《かる》さだよっ。さすが埼玉君《さいたまくん》！　毎日《まいにち》、県《けん》をまたいで東京《とうきょう》まで往復《おうふく》する人《ひと》が多《おお》い土地《とち》だもんね！」

「えっ？　それがアイドルグループでの設定《せってい》なの？」

興奮《こうふん》して口走《くちばし》った私《わたし》は、渡井《わたい》さんにツッコまれて我《われ》に返《かえ》る。

「そ、そうなのかも……？」

ともかく、相手《あいて》の後衛《こうえい》からも、また鋭《するど》い球《たま》が返《かえ》ってくる。

ただいま特別《とくべつ》クラスのテニスでの戦績《せんせき》は、トップを競《せ》る三組《さんくみ》と同点《どうてん》だ。

この試合《しあい》で、もう一位《いちい》か二位《にい》か決《き》まっちゃうんだって。

「埼玉《さいたま》、意外《いがい》とやるじゃん」

ふり向《む》いたら、出番《でばん》が終《お》わった神奈川《かながわ》・千葉《ちば》ペアが、すぐ後《うし》ろに立《た》ってた。

「うひゃっ!?」

とつぜんの〝アイドル〟登場《とうじょう》に、渡井《わたい》さんは身《み》をすくめる。

「埼玉《さいたま》っていろんな工場《こうじょう》があるけどさ。そういえば、テニスラケットも作《つく》ってたよね」

話《はなし》をふった神奈川君《かながわくん》に、千葉君《ちばくん》がうなずく。

「たしか、世界《せかい》シェアランキングに入《はい》ってるメーカーが、埼玉《さいたま》に工場《こうじょう》を持《も》ってたっけな。

『東京工場《とうきょうこうじょう》』って名前《なまえ》だけど」

「――わぁ。ぼくもびっくり。埼玉《さいたま》があんなに動《うご》いてるの、初《はじ》めて見《み》たぁ～」

さらに、栃木君《とちぎくん》たち、北関東《きたかんとう》トリオまで集《あつ》まって来《き》ちゃった！

群馬君《ぐんまくん》も茨城君《いばらきくん》も、食《く》い入《い》るような視線《しせん》で、コートの二人《ふたり》を追《お》う。

「すごい。あの東京《とうきょう》が、埼玉《さいたま》に完全《かんぜん》に背中《せなか》をあずけてる」

「東京《とうきょう》さんは首都《しゅと》ゆえに、なんでも自分《じぶん》でやりたがるのに。めずらしいですね」

男子五人《だんしごにん》が身《み》を乗《の》り出《だ》してくるから、私《わたし》と渡井《わたい》さんは彼《かれ》らとフェンスとのあいだで、ムギュッとつぶされる。

「はわわわわわわ」

きらきらオーラの男子《だんし》に取《と》りかこまれて、渡井《わたい》さんは目《め》がぐるぐるしてる。

超《ちょう》わかるよ……。私《わたし》も慣《な》れるまで、視界《しかい》がまぶしすぎてサングラスかけたかったもん。

三組《さんくみ》との戦《たたか》いは押《お》しつ押《お》されつで、ずっと後衛《こうえい》のラリーが続《つづ》いてる。

私《わたし》はテニスにくわしくないけど、渡井《わたい》さんによると、あと一《いち》ポイント取《と》れたら特別《とくべつ》クラスの勝《か》ちが決《き》まるって。

前衛《ぜんえい》の東京君《とうきょうくん》も、腰《こし》を落《お》として左右《さゆう》に動《うご》き、敵《てき》にプレッシャーをかける。

スパンッ！

埼玉君《さいたまくん》のショットが、あとちょっとでアウトの、ラインぎりぎりを攻《せ》める！

相手《あいて》の後衛《こうえい》は、それを猛《もう》ダッシュで拾《ひろ》いに行《い》く。

向《む》こうが打《う》ち返《かえ》す直前《ちょくぜん》、東京君《とうきょうくん》が大《おお》きく前《まえ》に出《で》た。

勝負《しょうぶ》に出《で》るつもりっ？

だけど相手《あいて》のほうも、東京君《とうきょうくん》の動《うご》きをしっかり把握《はあく》してた！

東京君《とうきょうくん》が空《あ》けた場所《ばしょ》に、ボールが打《う》ちこまれる。

「ヤバい!?」

だれもいないトコに入《はい》っちゃった！　みんなそろって息《いき》をのむ。

でも、埼玉君《さいたまくん》が動《うご》いた。

「東京《とうきょう》、まかせて！」

彼《かれ》は瞬《また》く間《ま》に追《お》いつき、ラケットの真《ま》ん

中《なか》で、しっかりと、ボールをとらえた！

埼玉君《さいたまくん》のボールを、相手《あいて》はギリギリで拾《ひろ》う。

さっきの東京君《とうきょうくん》の大《おお》きな動《うご》きは、ラリーをくずすための作戦《さくせん》だった？

東京君《とうきょうくん》は、ちゃんと埼玉君《さいたまくん》が反撃《はんげき》に間《ま》に合《あ》ってくれるって、信《しん》じてたんだ。

相手《あいて》から返《かえ》ってきたボールは、速度《そくど》も場所《ばしょ》も、私《わたし》でもわかるくらいにあまい！

ギャラリーはいっせいに息《いき》をのんだ。


「よしっ！」

東京君《とうきょうくん》がボールをキャッチした。そしてネットのすぐ向《む》こうに、急角度《きゅうかくど》で打《う》ちこむ！

……相手《あいて》チームは、動《うご》くに動《うご》けないまま。

拾《ひろ》われなかった球《たま》が、てんってんっと、コートを転《ころ》がっていく。

言葉《ことば》も出《で》ないまま見守《みまも》ってた私《わたし》たちは、いっせいに息《いき》を吸《す》う。


「か、勝《か》った……？」

埼玉君《さいたまくん》の小《ちい》さなつぶやきが、しんとしたコートに響《ひび》いた。

「勝《か》った。**俺《おれ》たちの勝《か》ちだ**」

東京君《とうきょうくん》が自信満々《じしんまんまん》に言《い》う。

みんなもようやく我《われ》に返《かえ》り、コートが大《おお》きな歓声《かんせい》に包《つつ》まれた。

おたけびみたいな声《こえ》が飛《と》びかう中《なか》で、東京君《とうきょうくん》が埼玉君《さいたまくん》の肩《かた》をたたく。

「埼玉《さいたま》のおかげだ。ありがとな」

「東京《とうきょう》……」

ニッと笑《わら》った東京君《とうきょうくん》は、めちゃくちゃうれしそうな、やんちゃな顔《かお》。

埼玉君《さいたまくん》はそんな彼《かれ》に、うれしさを噛《か》みしめるようにうなずく。

そして自分《じぶん》も、パァッと輝《かがや》くような、まぶしい笑顔《えがお》になった。

そういえば埼玉《さいたま》って、晴《は》れの日《ひ》が日本一多《にほんいちおお》い県《けん》なんだって。

彼《かれ》の笑顔《えがお》は、ほんとにお陽《ひ》さまみたいにあったかくて、光《ひかり》に満《み》ちてる。

今《いま》の埼玉君《さいたまくん》は、主人公《しゅじんこう》以外《いがい》の何者《なにもの》でもないよ。

この試合《しあい》、無意識《むいしき》にスケッチし始《はじ》めちゃうくらい魅力的《みりょくてき》な光景《こうけい》だったのに、私《わたし》はメモ帳《ちょう》を出《だ》すのも忘《わす》れてた。

常《つね》に頭《あたま》の中《なか》にあるはずの、「マンガの役《やく》に立《た》つなら」って考《かんが》えも、すっぽり抜《ぬ》けてた。

……私《わたし》、それほど彼《かれ》らに夢中《むちゅう》になって、ドキドキしてたんだ。

胸《むね》の上《うえ》に手《て》をあててみたら、まだ心臓《しんぞう》が波打《なみう》ってる。

こみ上《あ》げてくるもので胸《むね》がいっぱいで、目《め》の裏《うら》まで熱《あつ》い。

東京君《とうきょうくん》と埼玉君《さいたまくん》は、肩《かた》を組《く》んで笑《わら》ってる。

真後《まうし》ろにいたはずの関東寮《かんとうりょう》のメンバーも、いつの間《ま》にかコートへ回《まわ》って、二人《ふたり》に飛《と》びついてモミくちゃにし始《はじ》めた。

真上《まうえ》から照《て》る白《しろ》い光《ひかり》の下《した》で、みんなの笑顔《えがお》が、ほんとにまぶしいや。

私《わたし》はフェンスごしに、無性《むしょう》に泣《な》きたいような気持《きも》ちで、彼《かれ》らを見《み》つめる。

これじゃあ少女《しょうじょ》マンガの主人公《しゅじんこう》じゃなくって、その他《た》おおぜいのモブキャラだけどさ。

でもきっと、これが「ときめき」っていうやつなんだね。

私《わたし》、初《はじ》めて知《し》った。

「ほずみ！」

大騒《おおさわ》ぎのコートのほうから、名前《なまえ》を呼《よ》ばれた。

そしたら東京君《とうきょうくん》が、男子《だんし》たちのかたまりの中《なか》から顔《かお》を出《だ》し、満面《まんめん》の笑《え》みで、ガッツポーズ。

私《わたし》はうれしくなっちゃって、彼《かれ》に思《おも》いっきりの笑顔《えがお》と、ガッツポーズを返《かえ》した。

エピローグ

「実《じつ》は埼玉《オレ》って、**首都《しゅと》に選《えら》ばれかけた**コトがあったんだよ。なんと二回《にかい》も」

リビングから、埼玉君《さいたまくん》の声《こえ》が聞《き》こえてくる。

「埼玉《さいたま》は〝海《うみ》なし県《けん》〟だから、戦争《せんそう》になっても、海《うみ》から攻撃《こうげき》されにくい。しかも自然災害《しぜんさいがい》が少《すく》ない土地《とち》でしょ？　だから『東京《とうきょう》から遷都《せんと》して、埼玉《さいたま》を首都《しゅと》にしようよ』って、けっこう本気《ほんき》で考《かんが》えられたんだから」

「埼玉《さいたま》、おまえ首都《しゅと》ねらってんのか」

今度《こんど》は東京君《とうきょうくん》がイラッとする声《こえ》も。

あれ。仲直《なかなお》りしたはずの二人《ふたり》が、またピリピリしてる？

お風呂《ふろ》から上《あ》がってきた私《わたし》は、そっとリビングをのぞきこむ。

七人全員《しちにんぜんいん》、まだテーブルを囲《かこ》んでる。

今日《きょう》の球技大会《きゅうぎたいかい》でのくやしさを、みんなで分《わ》かち合《あ》ってたのかな？

そう。特別《とくべつ》クラスの総合成績《そうごうせいせき》は、たったの一《いち》ポイント差《さ》で、三組《さんくみ》に負《ま》けちゃったんだ。

それでも、雨降《あめふ》って地固《じかた》まったってかんじで、夕飯《ゆうはん》の席《せき》は楽《たの》しそうだったのにな……。

「東京《とうきょう》、最後《さいご》まで聞《き》いて」

埼玉君《さいたまくん》はピシャリと言《い》って、なんと、首都《しゅと》をだまらせた！

私《わたし》は埼玉君《さいたまくん》の演説《えんぜつ》をジャマしないよう、そ〜っとキッチンへ回《まわ》って、冷蔵庫《れいぞうこ》から牛《ぎゅう》乳《にゅう》を……じゃなく、狭山茶《さやまちゃ》コーラを取《と》りだした。

これ、慣《な》れたらクセになるんだよね。

「埼玉《オレ》はねぇ、いろんな工業《こうぎょう》をやってるけど、**医薬品**《いやくひん》の出荷額《しゅっかがく》が日本一《にほんいち》なの。それに**段**《だん》**ボール**も。これって、どういうコトかわかる？」

埼玉君《さいたまくん》に見《み》まわされて、六人《ろくにん》は凍《こお》りつく。

「つまり、みんなの健康《けんこう》も物流《ぶつりゅう》も、オレが支《ささ》えてるってことだよ」

「「「「「「ハイ」」」」」」

「そんなオレを、二度《にど》と、ダサイタマとか言《い》わないように」

「「「「「「ハイ」」」」」」

わぁ、今日《きょう》の埼玉君《さいたまくん》は強《つよ》い。

私《わたし》は心《こころ》の中《なか》で拍手《はくしゅ》しながら、ありがたくコーラをいただく。

栓《せん》を開《あ》けるプシュッていう音《おと》に、みんながこっちをふり向《む》いた。

「あ、どうぞおかまいなく、続《つづ》けてください……」

そっとうながすと、埼玉君《さいたまくん》はふたたび厳《きび》しい瞳《ひとみ》を、みんなにキッともどす。

とたんにみんな、キュッと肩《かた》を縮《ちぢ》める。

埼玉君《さいたまくん》はそれがツボに入《はい》ったみたいで、ぶはっと噴《ふ》き出《だ》した。

「なーんて。オレもみんなに助《たす》けてもらってばっかりだもん。オレは、みんなで仲良《なかよ》くやっていけたら、一番《いちばん》うれしいよ。『首都《しゅと》』は東京《とうきょう》にまかせてね」

「おまえ、首都《しゅと》になりたいワケじゃないのか……？」

東京君《とうきょうくん》は拍子《ひょうし》ぬけの顔《かお》だ。

「だって、首都《しゅと》の仕事《しごと》ってめっちゃ大変《たいへん》でしょ？　昼寝《ひるね》もできなくなっちゃう」

「そこか！」

二人《ふたり》のボケツッコミに、みんな笑《わら》いだした。

リビングの空気《くうき》は、初日《しょにち》がウソみたいにやわらかい。

とりあえず関東《かんとう》メンバーについては、「仲良《なかよ》しにする」っていう目標《もくひょう》は達成《たっせい》できた？

私《わたし》は結局《けっきょく》なんにもしなかったけど、結果《けっか》オーライだ。

でも、まだクラスの残《のこ》り四十人《よんじゅうにん》を、どうにかしなきゃいけないのかぁ……。

みんなの輪《わ》の中《なか》から、東京君《とうきょうくん》がこっちを見《み》てる。

目《め》が合《あ》うと、彼《かれ》は私《わたし》に笑《わら》いかけてくれた。

――試合終了《しあいしゅうりょう》後《ご》、私《わたし》は朝《あさ》のことをあやまったんだ。

そしたら東京君《とうきょうくん》のほうからも、「ほずみが俺《おれ》たちのために、徹夜《てつや》して紙《かみ》しばいを作《つく》ってくれたのはわかってたのに。ムッとして悪《わる》かった」って、頭《あたま》を下《さ》げられちゃった。

彼《かれ》にまた、こうしてふつうに接《せっ》してもらえるのが、私《わたし》はやたらとうれしい。


ブブブブッ、ブブブブッ。


カウンターに置《お》いたスマホが、急《きゅう》に震《ふる》えだした。

「担当《たんとう》さんだ！」

全身《ぜんしん》からドッとアセが噴《ふ》き出《だ》す。

今日《きょう》は寮《りょう》に帰《かえ》ってきてから、ず～っとネームを描《か》いてて、できあがった勢《いきお》いで、東《とう》京君《きょうくん》に見《み》てもらったんだ。

彼《かれ》が「おもしろいよ」って言《い》ってくれたのを真《ま》に受《う》けて、すぐさまメールでデータを送《おく》っちゃったんだけど――。

たぶん、その返事《へんじ》だよ……！

「あわわわっ」

いつも一ケ月《いっかげつ》は待《ま》たされるのに、こんなにすぐ電話《でんわ》が来《く》るなんて、な、なにっ⁉

心《こころ》の準備《じゅんび》ができてなくて、カウンターの上《うえ》で暴《あば》れまわるスマホを、あたふた眺《なが》める。

事態《じたい》を察《さっ》した東京君《とうきょうくん》が、こっちに来《き》た。

「出《で》ろよ。大丈夫《だいじょうぶ》だから」

そして容赦《ようしゃ》なく、スマホの通話《つうわ》ボタンをピッと押《お》し、私《わたし》の耳《みみ》にあてる。

「は、はいっ、ほずみんです！」

『あ、ほずみん先生《せんせい》？　こんばんはー！』

担当《たんとう》さんのこんなに明《あか》るい声《こえ》は、ひさしぶりに聞《き》いた。


「すごくよくなってる！　なにがあったんですか⁉」って、担当《たんとう》さんは自分《じぶん》の事《こと》みたいによろこんでくれた。

ちゃんと主人公《しゅじんこう》に感情移入《かんじょういにゅう》して読《よ》めたって。

ただし「ときめき場面《ばめん》が、恋愛《れんあい》っていうよりはコメディっぽいんですよね。うちの雑誌《ざっし》と方向性《ほうこうせい》がズレてるから、そこだけ調整《ちょうせい》してみましょ」って、また宿題《しゅくだい》が出《で》た。

でもでもっ、一番《いちばん》の難所《なんしょ》は突破《とっぱ》できたんだ……！

一年半《いちねんはん》ぶりの進歩《しんぽ》！

通話《つうわ》を切《き》ると、東京君《とうきょうくん》がのぞきこんできた。

「おもしろかったって、俺《おれ》が言《い》ったとおりだろ」

「うん……！　し、信《しん》じられないっ。ずーっと苦戦《くせん》してたのに、こんなにスルッと……」

「努力《どりょく》が報《むく》われる時《とき》って、けっこうそんなもんだよ」

今日《きょう》のテニスでも、ず〜っとラリーが続《つづ》いたあと、急《きゅう》に動《うご》いて決着《けっちゃく》したもんね。

「みんなのおかげです！」

私《わたし》は彼《かれ》に、感謝《かんしゃ》のハグ！

本当《ほんとう》は今日《きょう》のネームだって、東京君《とうきょうくん》に見《み》せるのも、ましてや担当《たんとう》さんへのラストチャンスに送《おく》りつけるのも、ものっすごく怖《こわ》かった。

でも、あんなに自信《じしん》がなかった、日陰《ひかげ》の生《い》き物《もの》みたいな暮《く》らしを送《おく》ってた埼玉君《さいたまくん》が、自《じ》分《ぶん》を信《しん》じて動《うご》きだしたら、まぶしいくらいの主人公《しゅじんこう》になれた。

私《わたし》だって、もしかしたら……？　って、自分《じぶん》に希望《きぼう》を持《も》っちゃったんだよ。

私《わたし》も主人公《しゅじんこう》になれるかも。**なっていい**のかも――って。

「埼玉君《さいたまくん》っ。私《わたし》もやりましたよ！　**私《わたし》だって主人公《しゅじんこう》です！**」

私《わたし》はキッチンから飛《と》びだし、埼玉君《さいたまくん》に駆《か》けよろうとする。

そしたらパジャマの後《うし》ろえりを、ぐいっと引《ひ》っぱりもどされた。

「うわっ？　東京君《とうきょうくん》、なんです？」

「なんでもない」

そう言《い》いつつ、彼《かれ》は私《わたし》のえりから手《て》を離《はな》さない。

テーブルのメンバーは、大爆笑《だいばくしょう》し始《はじ》めた。

なんだかよくわからないけど、笑《わら》われた東京君《とうきょうくん》はスンッと半眼《はんがん》になる。

「……おまえら。そういう態度《たいど》だと、これを貸《か》してやらないぞ」

「これってなにさ」

群馬君《ぐんまくん》は笑《わら》いすぎて涙《なみだ》を浮《う》かべながら、東京君《とうきょうくん》が持《も》ってきた箱《はこ》をのぞきこんだ。

「えーっ、ウソ！　さっそく読《よ》む読《よ》むー♡」

「少女《しょうじょ》マンガ？　千葉《おれ》、初《はじ》めて読《よ》むかも」

「絵《え》がらキレイじゃん。神奈川《オレ》もマンガってキライじゃないんだよね」

みんながワイワイと箱《はこ》をのぞきこみ、手《て》に手《て》に取《と》るのは――、**私《わたし》のマンガだ！**

「ギャアア！　待《ま》って！　なんでこんなっ、ここにあるんです!?」

「本屋《ほんや》で取《と》り寄《よ》せ注文《ちゅうもん》してたのが、ちょうど届《とど》いた」

東京君《とうきょうくん》がシレッと答《こた》える。

「ヒッ！　やめてっ、みんなに読《よ》まれたら気絶《きぜつ》する！」

「なぜでしょう。書店《しょてん》で販売《はんばい》しているものを、読《よ》まれて気絶《きぜつ》とは」

茨城君《いばらきくん》なんて、真顔《まがお》でキスシーンのページを開《ひら》いてるし！

「ちがうのちがうのっ、それ、デビュー作《さく》のシリーズなんだけど、どんどん売上《うりあげ》が落《お》ちちゃって、読《よ》めば読《よ》むほどつまらなくなってるハズなんですよぉっ」

「いいだろ、別《べつ》につまんなくったって」

「ハァ？」

平然《へいぜん》とすごいコトを言《い》う東京君《とうきょうくん》に、思《おも》わずキレてしまったよ。

彼《かれ》は自分《じぶん》も一冊《いっさつ》取《と》って、悪《わる》い顔《かお》で笑《わら》う。

「俺《おれ》たちだって、ほずみのことを知《し》りたいんだよ。どんなこと考《かんが》えてて、なにが好《す》きなのか、なにが嫌《きら》いなのか、どういう恋愛《れんあい》が理想《りそう》なのか、とかな。これからもときめき特訓《とっくん》してやるんだから、情報《じょうほう》が必要《ひつよう》だろ？　あきらめな」

「う、うぐぅ」

なんにも言《い》えなくなっちゃった。

東京君《とうきょうくん》は自分《じぶん》のとなりのイスを、ぽんとたたく。「座《すわ》れば」ってコトだ。

私《わたし》はのっそりとイスに収《おさ》まり、やたらと楽《たの》しそうにページをたぐる七人《しちにん》をうかがう。

……私《わたし》、今《いま》、すごくふつうにこのイスに座《すわ》ったな。

いつも使《つか》わせてもらってるこの席《せき》を、みんなちゃんと、私用《わたしよう》に空《あ》けてくれてたんだ。

それに気《き》づいたら、ジワッとうれしい気持《きも》ちがにじんできた。

だれかがいるテーブルって、いいよね。

おばさんちのテーブルは、どんなにマンガの道具《どうぐ》を広《ひろ》げたって、まだ空間《くうかん》があったのに、ここじゃ中学生男子《ちゅうがくせいだんし》が七人《しちにん》と私《わたし》で、もうぎっちりだ。

テーブルが狭《せま》いのがうれしいなんて、変《へん》なの。

クスッと笑《わら》うと、みんなマンガから顔《かお》を上《あ》げ、私《わたし》を見《み》つめてきた。

「……あのさ。ほずみはいつまで関東寮《かんとうりょう》にいるの？」

群馬君《ぐんまくん》が、ふいに質問《しつもん》を投《な》げてきた。

私《わたし》は急《きゅう》に心臓《しんぞう》が冷《ひ》えた気《き》がして、ガタッとイスを鳴《な》らす。

「あ。ちがうよ。出《で》て行《い》けじゃなくって、逆《ぎゃく》。……ずっといてほしいなってこと」

「へ、あ、ありがとう……？」

とつぜんデレた群馬君《ぐんまくん》は、ほっぺたをチーバくん色《いろ》に染《そ》めて、東京君《とうきょうくん》のほうを向《む》く。

「ボクたちが平和《へいわ》になったって、まだ四十人《よんじゅうにん》もいるじゃない？　もしかして次《つぎ》は、別《べつ》の寮《りょう》に行《い》けって言《い》われるんじゃないかなって、心配《しんぱい》してたの。そこのところは、どうなのさ」

「……まぁ、たしかに、他《ほか》の寮《りょう》も平和《へいわ》にしなきゃと思《おも》ったら、ほずみにいろんな寮《りょう》を回《まわ》ってもらうのが、手《て》っとり早《ばや》そうだよな」

「わ、私《わたし》、今度《こんど》は他《ほか》の寮《りょう》に引《ひ》っ越《こ》すんですか⁉」

せっかく居場所《いばしょ》ができたと思《おも》ったのに！

私《わたし》はサッと青《あお》ざめる。

するとみんなもそれぞれ、マンガをテーブルにふせて考《かんが》え始《はじ》めた。

「茨城《じぶん》たちがモメているのは、結局《けっきょく》、己《おのれ》の土地《とち》への誇《ほこ》りのせいですからね。そのあたりを解決《かいけつ》できないと、ほずみさんがあいだに入《はい》っても、そう簡単《かんたん》にはまとまりませんよ」

「だな。東京《おれ》が首都《しゅと》をやってるのが、気《き》に食《く》わないやつらもいる」

「そうだよねぇ。栃木《ぼく》たち関東《かんとう》は、なんだかんだ、東京《とうきょう》がリーダーだろって考《かんが》えだけど」

「神奈川《オレ》も古都《こと》・鎌倉《かまくら》持《も》ちだけど、京都《きょうと》、大阪《おおさか》、奈良《なら》の古《ふる》い都《みやこ》は、特《とく》に風当《かぜあ》たり強《つよ》いよな。ちなみにオレは首都《しゅと》じゃなくていいんだわ。あいつらまとめんの、ダルそうだし」

「おまえはそういうやつだよな……」

東京君《とうきょうくん》は目《め》をすわらせる。

ハイ、と冷静《れいせい》に手《て》をあげたのは、埼玉君《さいたまくん》だ。

「つまり……、**四十七都道府県《よんじゅうななとどうふけん》の一位《いちい》**を決《き》めなおせばいいんじゃない？　みんなが納得《なっとく》できるような方法《ほうほう》で。そしたら、もうモンク言《い》わずに仲良《なかよ》くやれって言《い》えるよ」

東京君《とうきょうくん》は「一位《いちい》を決《き》めなおすか……」とつぶやき、腕《うで》を組《く》んで考《かんが》えこむ。

「いい案《あん》だけど、穏便《おんびん》にすむ気《き》がしないな。今日《きょう》みたいにスポーツ大会《たいかい》でもやるか？　でも、首都《しゅと》を決《き》めるなんて、ラケットをぶん投《な》げて、戦国時代《せんごくじだい》の戦《いくさ》みたいになりそうだ」

「あっ、こういうのはどぉう？」

栃木君《とちぎくん》が立《た》ちあがり、きゅるんっとした瞳《ひとみ》で、なぜか私《わたし》に笑顔《えがお》をサービスしてくれた。

「ほずちゃんの**ハートを射《い》とめた男子《だんし》**が、都道府県男子《とどうふけんだんし》の**首都《トップ》**になるの♡」

「へ？」

「ハ？」

私《わたし》と東京君《とうきょうくん》は、立《た》て続《つづ》けに声《こえ》を上《あ》げ、となり同士《どうし》で目《め》を丸《まる》くする。

「いいね！　栃木《とちぎ》、名案《めいあん》だよっ。それなら力《ちから》まかせのケンカにはならないよね。群馬《ボク》た

ちにも勝利《しょうり》のチャンスは充分《じゅうぶん》だ」

「茨城《じぶん》も了解《りょうかい》しました」

「千葉《おれ》もそれでいい。ようするに勝《か》ちゃいいんだからな」

「神奈川《オレ》も賛成《さんせい》。ほずみちゃん、またデートしようね」

「オッケー。んじゃ、そんなかんじで、ほかのみんなにもメッセージ送《おく》っておくね♡」

栃木君《とちぎくん》は、スイスイッとスマホの画面《がめん》に指《ゆび》をすべらせる。


ぴろりん♪


「い、今《いま》、送《おく》っちゃったんですか……っ？」

「あんなめちゃくちゃなアイディアをか……っ？」

声《こえ》をそろえて震《ふる》える私《わたし》と東京君《とうきょうくん》に、栃木君《とちぎくん》はえへっと笑《わら》う。

「めちゃくちゃでもないよ。ほずちゃんは、ボクらを生《う》んだトクベツな女子《じょし》だもん。他県《たけん》のみんなも気《き》にしてたし、ちょうどいいでしょ」

「よくないだろ！」

「よくないです！」

私《わたし》たちのツッコミをさえぎって、栃木君《とちぎくん》のスマホがぴろぴろと鳴《な》り始《はじ》めた。

「さっそく返事《へんじ》。『わかったー』とか『受《う》けて立《た》っちゃる』とか、みんな乗《の》り気《き》だよ♡」

ウソでしょウソでしょ⁉

「私《わたし》、都道府県男子全員《とどうふけんだんしぜんいん》から、あれこれ接近《せっきん》してこられるんですかっ？　そんなのムリで、す、よ……っ？」

「ほずみ？」

だんだん勢《いきお》いをなくす私《わたし》に、東京君《とうきょうくん》がけげんな顔《かお》をする。

「……いや、考《かんが》えてみれば、マンガのためには、悪《わる》い事《こと》ではないのかもしれない……？

四十七人分《よんじゅうしちにんぶん》のときめきを学《まな》べるんですよね……？　それだけネタが集《あつ》まれば、私《わたし》、永遠《えいえん》にマンガを描《か》き続《つづ》けられるのでは……」

「――ほずみ」

「は、はい？」

東京君《とうきょうくん》がいきなり私《わたし》の肩《かた》をつかみ、目《め》と鼻《はな》の先《さき》まで顔《かお》を近《ちか》づけてきた。

「俺以外《おれいがい》に、よそ見《み》するなよ」

新宿《しんじゅく》の夜景的《やけいてき》ロマンティックきらきら笑顔《えがお》、フルパワー出力《しゅつりょく》……ッ！

「ハウッ！」

私《わたし》は脳《のう》を灼《や》かれ、イスの背《せ》もたれにふっ飛《と》んだ。

意識《いしき》を手放《てばな》す寸前《すんぜん》、

「ほら、これじゃムリだろ」

東京君《とうきょうくん》のどこかホッとするような声《こえ》と、「ズルい～！」って叫《さけ》んだみんなが、またケンカを始《はじ》める声《こえ》が聞《き》こえてきたのでした。


（『都道府県男子《とどうふけんだんし》！②』へ続《つづ》く）

東京《とうきょう》くん

群馬《ぐんま》と栃木《とちぎ》with《ウィズ》茨城《いばらき》

千葉《ちば》 vs.《バーサス》 神奈川《かながわ》

埼玉派閥問題《さいたまはばつもんだい》

あとがき

初《はじ》めまして！　またはこんにちは、あさばみゆきです。

今回《こんかい》の『都道府県男子《とどうふけんだんし》！』で、野《の》いちごジュニア文庫《ぶんこ》さんに初《はじ》めておじゃまさせていただきました☆

みんなにお会《あ》いできて、と〜ってもうれしいです！

都道府県《とどうふけん》が、ある日《ひ》とつぜん擬人化《ぎじんか》して、イケメン男子《だんし》になちゃった⁉から始《はじ》まるこのお話《はなし》。急《きゅう》に寮《りょう》での共同生活《きょうどうせいかつ》が始《はじ》まったほずみは、男子《だんし》たちにほんろうされる日々《ひび》！と思《おも》いきや。ほずみのほうが男子《だんし》たちをほんろうしていたり……？


「都道府県《とどうふけん》を擬人化《ぎじんか》してみよう！」というアイディアは、実《じつ》は編集部《へんしゅうぶ》のみなさんからいただきました。「○○県《けん》を擬人化《ぎじんか》するなら、こうかも？　ああかも？」と、いっしょに悩《なや》み導《みちび》いて完成《かんせい》までお力添《ちからぞ》えくださり、ありがとうございました！

そして元気《げんき》で愛《あい》らしすぎるカバーイラストをくださった、いのうえひなこ先生《せんせい》。楽《たの》しくかわいいマンガや挿絵《さしえ》をくださった、かわぐちけい先生《せんせい》。本書《ほんしょ》に関《かか》わってくださった皆々《みなみな》さまに、心《こころ》から御礼申《おれいもう》し上《あ》げます。

さてさて、みんなの県《けん》の男子《だんし》は出《で》てきましたかっ？　今回《こんかい》は関東男子《かんとうだんし》が中心《ちゅうしん》だったけど、この後《あと》、みんなの県《けん》の男子《だんし》が登場《とうじょう》するかも？　「こんな男子《だんし》が見《み》てみたい～っ」っていうリクエストがあったら、ぜひ、お手紙《てがみ》や公式ＨＰ《こうしきホームページ》のコメントらんなどで、教《おし》えてくださいね☆

『サバイバー！』（角川《かどかわ》つばさ文庫《ぶんこ》）、『歴史《れきし》ゴーストバスターズ』（ポプラキミノベル）、『いみちぇん!!廻《かい》』（角川《かどかわ》つばさBOOKS《ブックス》）などのシリーズでも、またみんなに会えたらうれしいでーす♪　最新情報《さいしんじょうほう》は私《わたし》のＨＰ《ホームページ》にて～！

それでは、ほずみと東京君《とうきょうくん》たち都道府県男子《とどうふけんだんし》のドタバタラブコメ、第二巻《だいにかん》もどうぞお楽《たの》しみに☆　まったね～～！

二〇二四年九月二十日　あさばみゆき

著・あさばみゆき

横浜市在住、牡羊座のB型。『いみちぇん！』『星にねがいを！』『サバイバー！！』(角川つばさ文庫)『歴史ゴーストバスターズ』（ポプラキミノベル）などの児童文庫のシリーズのほか、一般文芸やライトノベル(あさば深雪名義)などの著作も。本屋さんに住みたい。おばけや妖怪の話には興味しんしん。

カバーイラスト・いのうえひなこ

大阪府出身。愛犬のポメラニアンとの散歩が日々の癒やし。少年漫画を中心に活動しており、過去作に『転生したら剣でした　Another Wish』（全6 巻／マイクロマガジン社刊）ほか。現在、月刊少年エース（KADOKAWA 刊）で『ウェスタの台所　―忘れたぼくの世界ごはん―』を連載中。

挿絵・かわぐちけい

茨城県出身、5月10日生まれ。児童書を中心にイラストや漫画を描いているイラストレーター。趣味は、お菓子とパン作り。

都道府県男子！①
イケメン47人が地味子を取り合い!?

2024年9月20日 初版第1刷発行

著　　者　あさばみゆき　
発 行 人　菊地修一
デザイン　北國ヤヨイ（ucai）
発 行 所　スターツ出版株式会社
〒104-0031 東京都中央区京橋1-3-1 八重洲口大栄ビル7F
TEL 03-6202-0386（出版マーケティンググループ）
TEL 050-5538-5679(書店様向けご注文専用ダイヤル)
https://starts-pub.jp/
印 刷 所　大日本印刷株式会社

Printed in Japan
ISBN 978-4-8137-8171-4 C8293

ファンレターのあて先

〒104-0031　東京都中央区京橋1-3-1 八重洲口大栄ビル7F
スターツ出版（株）書籍編集部 気付
あさばみゆき先生
いただいたお便りは編集部から先生におわたしいたします。

ドキドキ＆胸《むね》きゅんがいっぱい！

野《の》いちごジュニア文庫《ぶんこ》 人気作品《にんきさくひん》の紹介《しょうかい》

イジメ返《がえ》し　イジメっ子《こ》3人《にん》に仕返《しかえ》しします

なぁな・著《ちょ》

中《ちゅう》1の花菜《はな》のクラスには、カーストトップの早紀《さき》、澪《みお》、青《あお》葉《ば》がいる。ささいなことがきっかけで、花菜《はな》は早紀《さき》たちからイジメられるように…。つらい日々《ひび》を送《おく》っていた時《とき》、隣《となり》のクラスの美少女《びしょうじょ》・カンナから「イジメ返《がえ》し」を提案《ていあん》されて…!?　「100倍《ばい》にして、仕返《しかえ》ししない？」さぁ、一《いっ》緒《しょ》にはじめよう。とびきりのイジメ返《がえ》し——。

ISBN978-4-8137-8170-7
定価《ていか》：836円《えん》（本体《ほんたい》760円《えん》＋税《ぜい》10%）

ホラー

あの星《ほし》が降《ふ》る丘《おか》で、君《きみ》とまた出会《であ》いたい。

汐見夏衛《しおみなつえ》・著《ちょ》

中《ちゅう》2の涼《りょう》は、転校先《てんこうさき》の学校《がっこう》で百合《ゆり》と出会《であ》う。初《はじ》めて会《あ》うのになぜか、ずっと前《まえ》から知《し》っていたような不思議《ふしぎ》な感《かん》覚《かく》。まっすぐな百合《ゆり》に惹《ひ》かれていく涼《りょう》は、告白《こくはく》しようとするけど…百合《ゆり》から聞《き》かされたのは、70年前《ねんまえ》の戦時中《せんじちゅう》にまつわる驚《おどろ》くべき話《はなし》で——。大《だい》ヒット作《さく》『あの花《はな》が咲《さ》く丘《おか》で、君《きみ》とまた出会《であ》えたら。』のその後《ご》、感動《かんどう》の物語《ものがたり》。

ISBN978-4-8137-8169-1
定価《ていか》：825円《えん》（本体《ほんたい》750円《えん》＋税《ぜい》10%）

青春

クール男子《だんし》の心《こころ》の声《こえ》は「大好《だいす》き」だらけ!?

神戸遥真《こうべはるま》・著《ちょ》

わたし夕菜《ゆうな》、ふつうの中学《ちゅうがく》2年生《ねんせい》。ある日《ひ》、バスケ部《ぶ》のエースで勉強《べんきょう》もできる人気者男子《にんきものだんし》・神木坂《かみきざか》くんとぶつかってから、何《なに》かが聴《き》こえるように…。「今日《きょう》もかわいい」「やばい、好《す》き」これって、彼《かれ》の“心《こころ》の声《こえ》”…!?　心《こころ》の声《こえ》のおかげで急接近《きゅうせっきん》!?　さらに、デートまですることに!?　彼《かれ》からあふれる溺愛《できあい》ワードの嵐《あらし》に、ドキドキがとまりません！

ISBN978-4-8137-8168-4
定価《ていか》：825円《えん》（本体《ほんたい》750円《えん》＋税《ぜい》10%）

恋愛

ドキドキ＆胸《むね》きゅんがいっぱい！

野《の》いちごジュニア文庫《ぶんこ》 人気作品《にんきさくひん》の紹介《しょうかい》

学園《がくえん》トップ男子《だんし》の溺愛《できあい》は配信禁止《はいしんきんし》です！
【取《と》り扱《あつか》い注意《ちゅうい》⚠最強男子《さいきょうだんし》シリーズ】

高杉六花《たかすぎりっか》・著《ちょ》

中《ちゅう》1の茉白《ましろ》は、内緒《ないしょ》でピアノの動画配信《どうがはいしん》をしている。でも、学園一《がくえんいち》のイケメン集団《しゅうだん》にその秘密《ひみつ》を知《し》られてしまい…。「俺《おれ》たちの曲《きょく》を弾《ひ》いてほしい」と頼《たの》まれて!?　なんと彼《かれ》らの正体《しょうたい》は、人気配信者《にんきはいしんしゃ》グループだった！　茉白《ましろ》はお願《ねが》いを断《ことわ》れず、協力《きょうりょく》することに。さらに寮《りょう》での同居《どうきょ》が始《はじ》まって…!?　ドキドキだらけの学園生活《がくえんせいかつ》スタート♡

ISBN978-4-8137-8167-7
定価《ていか》：825円《えん》（本体《ほんたい》750円《えん》＋税《ぜい》10%）

恋愛

総長《そうちょう》さま、溺愛中《できあいちゅう》につき。11.5
最強男子《さいきょうだんし》たちの本音《ほんね》

＊あいら＊・著《ちょ》

『総長《そうちょう》さま』シリーズのイケメン勢揃《せいぞろ》い！　オール男子目線《だんしめせん》の特別《とくべつ》ストーリー集《しゅう》!!　★春季《はるき》が由姫《ゆき》と出会《であ》い、恋《こい》に落《お》ちた瞬間《しゅんかん》を暴露《ばくろ》！★noble《ノーブル》の卒業旅行《そつぎょうりょこう》に突撃《とつげき》した冬夜《とうや》たちの一途《いちず》な想《おも》いを初公開《はつこうかい》！★全員《ぜんいん》に狙《ねら》われる由姫《ゆき》を見《み》て蓮《れん》の嫉妬大爆発《しっとだいばくはつ》!?　あの時《とき》、みんなは何《なに》を考《かんが》えていたの？　最強男子《さいきょうだんし》の本音《ほんね》がわかっちゃう1冊《さつ》!!

ISBN978-4-8137-8166-0
定価《ていか》：814円《えん》（本体《ほんたい》740円《えん》＋税《ぜい》10%）

恋愛

人生終了《じんせいしゅうりょう》ゲーム　地獄《じごく》の敗者復活戦《はいしゃふっかつせん》へようこそ

cheeery《チェーリィ》・著《ちょ》

命《いのち》の重《おも》みをわからせるためのデスゲーム【センタクシテクダサイ】。2年前《ねんまえ》にこのゲームで命《いのち》を落《お》とした中《ちゅう》3の瞳《ひとみ》は、死後《しご》の世界《せかい》で敗者復活戦《はいしゃふっかつせん》に参加《さんか》することに！　しかも、集《あつ》められた生徒《せいと》たちは全員《ぜんいん》がこのゲームの経験者《けいけんしゃ》。彼《かれ》らの予想外《よそうがい》な裏切《うらぎ》りやだまし合《あ》いで、命《いのち》がけのゲームは大混乱《だいこんらん》!?　危険《きけん》すぎるサバイバルホラー、第《だい》4弾《だん》！

ISBN978-4-8137-8160-8
定価《ていか》：836円《えん》（本体《ほんたい》760円《えん》＋税《ぜい》10%）

ホラー

ドキドキ＆胸《むね》きゅんがいっぱい！

野《の》いちごジュニア文庫《ぶんこ》 人気作品《にんきさくひん》の紹介《しょうかい》

天国《てんごく》までの49日間《にちかん》　最後《さいご》の夏《なつ》、君《きみ》がくれた奇跡《きせき》

櫻井千姫《さくらいちひめ》・著《ちょ》

中《ちゅう》3の稜歩《いつほ》は、いじめに傷《きず》ついて電車《でんしゃ》に飛《と》び込《こ》んだ同級《どうきゅう》生《せい》・梢《こずえ》を救《すく》えず後悔《こうかい》していた。ある日《ひ》、命《いのち》を落《お》としたはずの梢《こずえ》が現《あらわ》れて!?　なんとあの時《とき》、彼女《かのじょ》は誰《だれ》かに背中《せなか》を押《お》されたと言《い》う。稜歩《いつほ》は同《おな》じクラスの男子《だんし》・榊《さかき》と一緒《いっしょ》に、真実《しんじつ》を調《しら》べることに。すると、意外《いがい》過《す》ぎる秘密《ひみつ》が明《あき》らかになって…？　衝撃《しょうげき》のラストに涙溢《なみだあふ》れる感動物語《かんどうものがたり》！

ISBN978-4-8137-8164-6
定価《ていか》：869円《えん》（本体《ほんたい》790円《えん》＋税《ぜい》10%）

青春

わたしが少女漫画《しょうじょまんが》のヒロインなんて困《こま》りますっ！

凩《こがらし》ちの・著《ちょ》

中《ちゅう》2の花梨《かりん》は、漫画《まんが》の胸《むね》キュンは大好《だいす》きだけど、自分《じぶん》が恋《れん》愛《あい》をするのは苦手《にがて》。花梨《かりん》が転校先《てんこうさき》で出会《であ》ったのは、大好《だいす》きな少女漫画《しょうじょまんが》のヒーローと同《おな》じ名前《なまえ》の人気者男子《にんきものだんし》・柚《ゆず》。しかも、漫画《まんが》で見《み》た柚《ゆず》との胸《むね》キュン展開《てんかい》が次々《つぎつぎ》と起《お》き始《はじ》めて…？　「俺《おれ》のこと絶対《ぜったい》に好《す》きにさせるから」予想外《よそうがい》の溺愛《できあい》にドキドキMAX！

ISBN978-4-8137-8163-9
定価《ていか》：847円《えん》（本体《ほんたい》770円《えん》＋税《ぜい》10%）

恋愛

溺愛限界《できあいげんかい》レベル♡ヴァンパイア祭《まつり》！

＊あいら＊・ゆいっと・みゅーな**・星乃《ほしの》びこ・柊乃《しゅうの》なや・著《ちょ》

最強無敵《さいきょうむてき》の吸血鬼《きゅうけつき》に愛《あい》されまくりな5話《わ》が大集合《だいしゅうごう》！★『吸血鬼《きゅうけつき》と薔薇少女《ばらしょうじょ》』番外編《ばんがいへん》…初《はつ》のお家《うち》デートにドキドキ！★クールな人気者男子《にんきものだんし》から、パートナーに指名《しめい》されて!?★誘拐《ゆうかい》されてピンチ！助《たす》けてくれたのは幼《おさな》なじみで…★学級委員《がっきゅういいん》で一緒《いっしょ》になった完璧《かんぺき》イケメンと教室《きょうしつ》でふたりきり!?★凶暴《きょうぼう》と噂《うわさ》の吸血鬼総長《きゅうけつきそうちょう》は、実《じつ》は優《やさ》しいギャップ男子《だんし》…？

ISBN978-4-8137-8162-2
定価《ていか》：847円《えん》（本体《ほんたい》770円《えん》＋税《ぜい》10%）

恋愛